6

DIE SCHWERMUTSSCHNELLEN HINDURCH
am blanken
Wundenspiegel vorbei:
da werden die vierzig
entrindeten Lebensbäume geflößt.

Einzige Gegen-
schwimmerin, du
zählst sie, berührst sie
alle.

Landeinwärts, hierher-
verwehter Strandhafer bläst
Sandmuster über
den Rauch von Brunnengesängen.

Ein Ohr, abgetrennt, lauscht.
Ein Aug, in Streifen geschnitten,
wird all dem gerecht.

7

DIE ZAHLEN, im Bund
mit der Bilder Verhängnis
und Gegen-
verhängnis.

Der drübergestülpte
Schädel, an dessen
schlafloser Schläfe ein irr-
lichternder Hammer
all das im Welttakt
besingt.

10

MIT ERDWÄRTS GESUNGENEN MASTEN
fahren die Himmelwracks.

In dieses Holzlied
beißt du dich fest mit den Zähnen.

Du bist der liedfeste
Wimpel.

8

WEGE IM SCHATTEN-GEBRÄch
deiner Hand.

Aus der Vier-Finger-Furche
wühl ich mir den
versteinerten Segen.

11

SCHLÄFENZANGE,
von deinem Jochbein beäugt.

Ihr Silberglanz da,
wo sie sich festbiß:
du und der Rest deines Schlafs-
bald
habt ihr Geburtstag.

12

BEIM HAGELKORN, im
brandigen Mais-
kolben, daheim,
den späten, den harten
Novembersternen gehorsam:

in den Herzfaden die
Gespräche der Würmer geknüpft-:

eine Sehne, von der
deine Pfeilschrift schwirrt,
Schütze.

13

STEHEN, im Schatten
des Wundenmals in der Luft.

Für-niemand-und-nichts-Stehn.
Unerkannt,
für dich
allein.

Mit allem, was darin Raum hat,
auch ohne
Sprache.

14

Dein vom Wachen stößiger Traum.
Mit der zwölfmal schrauben-
förmig in sein
Horn gekerbten
Wortspur.

Der letzte Stoß, den er führt.

Die in der senk-
rechten, schmalen
Tagschlucht nach oben
stakende Fähre:

sie setzt
Wundgelesenes über.

15

MIT DEN VERFOLGTEN in spätem, un-
verschwiegenem,
strahlendem
Bund.

Das Morgen-Lot, übergoldet,
heftet sich dir an die mit-
schwörende, mit-
schürfende, mit-
schreibende
Ferse.

谁是我,谁是你?
伽达默尔谈策兰《呼吸结晶》

〔德〕 汉斯-格奥尔格·伽达默尔　著
陈早　译

上海文艺出版社　纸上造物 playbook

目录

前言	1
修订版前言	3
正文	5
后记	123
修订版后记	147

前言　　保罗·策兰的诗抵达我们——我们错过了。他本人把自己的作品理解为"漂流瓶",总是有一个又一个人,发现、拾起了信,相信收到了消息——然而,是怎样的消息?信中对他说了什么?本书没有野心,不求以科学研究得出确论,只想用文字把捉一位读者的体验——一位漂流瓶抵达的读者。这是破译的尝试,破译那几不可读的文字。没有人会怀疑,有某种东西在。必须反反复复斟酌、猜测、补充,而终将——也许是正确地——破译,读到,听到。没有谁会认为,在如此细致的解码前能明白或说出诗行的信息,是的,我们甚至对写诗的语言也一无所知。长期磨合后在此写下证词的这位读者认为,他在这晦暗的笔迹里找到了"含义"(Sinn),并不总是一清二楚,并不总是"完美无缺",他常常只是破译了几处,只有模糊的猜测去治愈他的理解(而非文本)。若有谁认为,他已经"理解"了策兰的诗,我就不会与他交谈——我不是为他而写。他不知道理解在此是什么。若另有读者发现,他"一直就"在以本书作者建议的方式理解诗,这反倒是一种合法的经验。或许他没错,或许他只是并未意识到,在读我的阐释时才恍然大悟。不论如何,均有所得。读者若认为,他能另辟蹊径,更好地理解这些诗,就会收获更多。他的异议将带领我们所有人——更靠近诗。

补充一句,这些策兰解读是早年所写、分次宣读的——比如

1969年在纽约的歌德之家（Goethe Haus）。如今它们要独立成篇，而且没有了应答。此间与其他人的一些讨论——尤其是1972年巴黎歌德学院的策兰研讨会——有很大贡献，特别是澄清了理解这些诗方法论方面的问题。后记再说。

修订版前言　　我对《呼吸结晶》的小评论已出版十几年了。我不敢重新审视当年的所有解读——如果还有同样的专注和活力,我大概会写出一本新书。能清理错误,把现在才有的认识用进去,我就满足了。特别是,一些批评意见曾让我受教,在补充的第二版后记中,我试着把这些东西考虑进去。在此期间,我有幸看到诗组《呼吸结晶》的异文,仔细对照后,我也在后记中分享了一些有趣的内容。

新版与旧版几乎一字不差,只有一首诗的解读被彻底重写(95页及下),因为新的认识让我有了更好的见解。

诗人纯粹的手掬起,
水就凝聚。

——歌德

在他的后期诗集中,策兰以日渐隐晦的文字越来越趋近于缄默的窒息之静。下文将考察诗集《呼吸转折》中的一组诗,1965年这组诗曾以《呼吸结晶》为题发行珍藏版。组诗中的每一首均有其位,在其位上的每一首也必然生出某种确定性——但整组诗却秘密编码。说的是什么?谁在说?

组诗中每一首都有清晰确凿的结构,虽不能一眼看透,亦无可直言的明朗,但也不至处处云山雾罩或是能恣意解释。这是耐心读者的阅读体验。欲理解、破译密闭诗的读者绝不会是鲁莽之辈。但他也无需博学或有所专长——他必须是一位尝试反复倾听的读者。

诗人对于自己的加密创作,能给出的特殊指引总有些不尽人意——据说,保罗·策兰偶尔也会遭遇询问,他也会尽量友善地应对。需要了解诗人作诗时在想什么吗?重要的大概只是,诗真正言说着什么,——而非作者何意,甚或他也无从说起。当然,诗人就自己的"素材"所做的提示,对一首自成圆满的诗也会有用,还会避免理解的错误。但这始终是危险的帮助。诗人诉说他私己、偶然的动机时,实际上就打破了诗之构造自身的平衡,使之斜向私己、偏颇的一侧——这是绝对站不住的。的确,面对密闭诗,阐释常常陷入巨大的尴尬。可即使走错,只要反复咂摸一首诗,就能觉察到自己的失败。即使理解始终模糊含混,却也依旧是这首诗——而非某一个体以其一己之感或者经验——在模糊而含混地对我们言说。在我看来,一首抗拒着、不允许进一步明朗的诗,永远比仅因诗人交代过意图而得到保障的明朗,更有意义。

因此,虽然策兰这些诗中的我和你是谁,明明极不确定,我们却也不必向诗人探询。情诗?宗教诗?灵魂与自我的对话?诗人不知。还不如寄希望于比较文学的研究方法,尤其是通过考虑同类相近者而得到启示,但这只能在一定条件下:不用不合适的类型模式(Gattungsschema),只比较真正可比的东西。不过为保证这一点,当然不能仅仅掌握文学研究的方法。对于给定的诗,必须在其结构的多价性中判断,哪些内含的可能性可兹比较,它们是否能提供——本身有限的——阐发力。对于保罗·策兰的诗,我其实并不期待武装一番理论框架便能解答此处提出的问题:谁是我,谁是你。一切理解都已经为问题预设了答案,或更好的说法是,预设了超越问题、先行于问题的见解。

读抒情诗的人，某种意义上总是已经知道，谁是此处的我。他不仅在普通意义上知道，在言说的是诗人，而非他引入的讲述者。此外，他还知道"诗人—我"究竟何谓。因为，抒情诗所言之我，不仅专指诗人之我，也可能是另一个自言我的读者之我。即使诗人"于诸象间摇曳"，从众生中脱颖而出，"随即讥嘲"他们，也似乎根本不是意指他自己，而是把读者摄入他的我象（Ich-Gestalt），使读者如他自己那般从众生中脱颖而出。在策兰这里尤其如此，"我"、"你"、"我们"被十分突兀、影影绰绰、以不断变换的方式言说着。这个我不止是诗人，更是克尔凯郭尔所谓的"每一个体"，是我们每个人。

这种思考是否包含着问题的一个答案——谁是此处的你？一如那位说话的我，组诗中几乎每一首都在对这个你突兀而暧昧地说着话。你就是言之所向者。这是一般的语义功能，而我们必须要问，诗的话语，如何完成这样的意义流动？谁是这个你，该问题有意义吗？比如：是我身边的人？我的邻人？甚或是上帝，万物中那最近又最远的？无法定夺。之所以无法定夺谁是你，是因为没有定论。言有所向，却无对象——倘若有，便是那自说自答者。连基督教的爱律也无法定夺，邻人何种程度上是上帝，或上帝何种程度上是邻人。你是我亦非我，一如我是我亦非我。

但这并不意味着，在说着我和你的这组诗中，言说的我和言之所向的你混淆无别。也不是说，我在组诗展开的过程中不曾获得某种确定性。例如，提到了四十棵生命树，从而暗示出我的年纪。但关键仍然是，每个读者之我愿意进入诗人之我位，知道自己同被意指，由此实现每个你的确定性。整组诗中似乎只有一处例外，即那四行被诗人加上括号的诗，韵律上，它们也因一种近乎叙事的风格而与众不同。不同于其他所有诗行，它们不甘心被普遍化，因此显得随意。——于是，当我们试探着走向策兰的组诗，一切都开放不定。我们无法预知，无法通过远观或推想知道，此处的我和你指什么，我是诗人的自指，还是我们每个人。我们要学习。

1

Du DARFST mich getrost
mit Schnee bewirten:
sooft ich Schulter an Schulter
mit dem Maulbeerbaum schritt durch den Sommer,
schrie sein jüngstes
Blatt.

你尽可
以雪待我：
每当我并肩
与桑树迈过夏，
它最嫩的叶就
尖叫。

这艰涩的文本，就像整组诗的序曲，异常突兀地开始了。诗中有种尖锐的对立。雪，抹平一切的，冰冷却也和缓的，不仅被接受，而且受到欢迎。言说者身后的夏日，显然因太过喧闹、因无度的绽裂和开放而难以忍受。言说者身后当然不是真正的夏，一如言之所向的你未必意指冬天、未必奉上真正的雪。相比于满溢时节，贫瘠的冬反倒惬意。言说者与没完没了抽芽的桑树并肩穿过夏。桑树无疑代表着繁芜的能量，新芽的源源不断象征着不可止息的生命欲望。与其他灌木不同，桑树不止在春季生发新叶，更是贯穿一夏。我认为，不应联想到巴洛克诗歌古老的隐喻传统。的确，保罗·策兰是位博学的诗人——他甚至拥有惊人的自然知识。海德格尔曾对我说，策兰比他本人更了解黑森林里的动植物。

初近本诗时，也应尽量具体地理解。这当然需要正确估量诗人的语言意识，他不仅在明确指涉对象的层面上遣词，也总是在玩味语词奏响的意义和旁义。因此就要问，诗人是否在用[桑树（Maulbeerbaum）]构词中的"嘴"（Maul）[1]暗示空谈者？而他再也无法忍受他们的叫嚷？即便如此，精准连贯的要求仍居首位，必须首先得到满足。十分普通的植物名"桑树"出现在诗的文脉中，依循这文脉，诗之所指显然并非

"嘴果"或嘴巴，而是桑树贯穿整夏、无休吐绚的嫩黄之绿。任何后续的含义转换都要从这里调整方向。我们将会看到，所言最终转入沉默或寡言之域。可桑树的类比根本无关乎"嘴"，而是抽芽之叶的繁茂。语境并不蕴含嘴巴的双关，诗意转换发生在叶的尖叫上[2]。这在诗末的最后一个词上图穷匕见。也就是说，是叶而非果，执行了这一转换，进入了本真所言[3]。或可在泛音层上反观构词中"嘴巴"的尖叫，并将其纳入话语。的确有空谈者。在我们的文脉中，可以让人想到一切虚浮、空洞的言谈和创作。但一个不争的事实是，"嘴巴"这个词从未作为独立的含义元出现，而只是由桑树引出的意味。这样一首多层次的诗，从第一层的言说（Sagen）过渡到说出（Besagen）的转换运动（Transpositionsbewegung）中；在我看来，以"嘴果"取代"口之花"并非这一过程的正路。

因此更要问，诗"说出"了什么？也就是说，文义欲行向何处？我们一个个词来看。并肩：与桑树并肩迈步，显然意味着，不落后于它，也不打断它的生长——此处可能是：反观内省。另外一定要注意，说的是"每当"。这条一次次重复的路强调的是，永远在重新启程的游人从未如愿，生命之桑从未安静、沉默地与他伴行。新的繁乱步步在侧，就像婴儿饥渴的哭号，不得休止。

我们继续问，谁是这第一个言之所向的你。在喧嚣不止的夏日后前来迎接者，大概并非什么确定的物或人。一直陪伴我的，是求生欲不断不歇的尖叫，相比之下，雪更让我惬意。殷勤，也就是所谓的欢迎，恰恰是那不含丝毫诱惑和刺激的单调。谁能确定，在欲望和放弃、夏和冬、生和死、尖叫和寂静、话语和沉默之间发生了什么？存在于这些诗行中的，是一种心甘情愿，不论另一个是什么，都愿意接受它。因此，我认为，这种心甘情愿最终很可能要读成对死亡的决心，亦即接受那过量生命最后的、极端的反面。无疑，死亡主题在策兰的诗中无处不在，这组诗亦如此。想到特殊的语境——这首诗是被命名为《呼吸结晶》组诗的序篇，就更有可能了。组诗题目指向呼吸，也因此指向呼吸所塑造的语言事件。

于是我们重新再问：此处的雪意味什么？是这里暗示的创作经验？甚或是在此陈说的诗的语词本身？它在慎言中存护着冬的寂静，仿佛将被奉上的礼物。还是说，雪与我们每个人相关，是我们全都知道、让我们所有人都会感到舒适的聒噪后的静谧？无法回答。你与我、诗人之我与其诗抵达的我们每个人，无法断然区分。诗对诗人，也对我们所有人说，寂静是惬意的。这也是呼吸转折时的寂静，是换气时能听到的最轻的新开始。尤其是"呼吸转折"，在那吸气与呼气间无声、平静的瞬间里的感性经验。我不否认，在这换气的一刻，在这呼吸回转的刹那，策兰不止联系到平静的克制，也同时让与回转相关的一切响起微弱的希望。他在《子午线》中说："诗：可以意味着一次呼吸的转折。"但贯穿整组诗的"轻"呼吸，很难因此就被削弱意义。这首诗是真正的序曲，就像作曲时以第一个音奠定整首曲子的调性。的确，整组诗都如此之轻，换气般几乎难以觉察。它们见证着生命最后的窒息，同时一再提出它们新的解答，毋宁说：并非解答，而是向着坚实的语言格式塔攀升。如此去听，就像听着冬日笼罩万物的深深寂静。最轻的析出结晶。最小，最轻，也同是最精确的：真言。

1　桑树德文为 Maulbeerbaum，构词中 Maul 的意思是嘴巴，Beer 为浆果。Maulbeer 即下文所谓的"嘴果"。
2　含义滑动(Sinnbewegung)。
3　支撑着进入本真所言的转换(die Transposition in das eigentlich Gesagte)。

2

Von UNGETRÄUMTEM geätzt,
wirft das schlaflos durchwanderte Brotland
den Lebensberg auf.

Aus seiner Krume
knetest du neu unsre Namen,
die ich, ein deinem
gleichendes
Aug an jedem der Finger,
abtaste nach
einer Stelle, durch die ich
mich zu dir heranwachen kann,
die helle
Hungerkerze im Mund.

被梦不到的腐蚀,
无眠游荡的面包地
堆起生活山。

用它的碎屑
你重新捏出我们的名字,
我,与你
相同的眼,在每根手指上
摸索它们,寻找一处
能向你醒去的地方,
明亮的
饿烛在口。

一只鼹鼠在忙。不应否认初级语义陈述所唤醒的这个意象。"堆起"（aufwerfen）明确无误。"堆起"的主语是面包地，这不会产生困惑，却启动了第一次转换——从"鼹鼠"转向盲目的生命活动，就像穿越"面包地"的一场无眠游荡。这让人想到糊口的工作、糊口的行当，以及生活负累所暗含的一切。于是诗说：让这个孜孜不倦挖掘着的生物劳碌的，是我们所谓的生命，是一场梦不到的梦。也就是说，是被错过的（Versämtes）和被阻挡的（Verwehrtes），是以不断的辛酸推逼向前的：它腐蚀着。生命因抗拒而伤，分泌出腐蚀的酸，这是我们所考察的这组诗的主导隐喻，或许也是诗人眼中人的命运。所游荡的面包地，虽能保证餍足，却让游荡者不知所之。游荡和挖掘不眠地进行着，也就是说，没有入眠、入梦的归返，小丘于是越堆越高。它将变成整座生活山。可此处听来，似乎生活已被埋在它越来越沉重的负累之下，空留余痕，就像堆起小丘的鼹鼠留下可辨认的径迹。

事实上，生活山是我们以及我们堆垒的全部经验。后文明示：用它的碎屑／你重新捏出我们的名字。此中或许含藏着某个《圣经》或犹太教的神秘暗示。但即使我们对此一无所知，即使我们耳中只闪过《创世记》的诗行、又随即将其抛之脑后，策兰的这行诗也具足含义。倘若我们的名字是从生命的重负中重新捏出的，那么，从经验材料中脱胎而成的，大概就是我们在世经验的全部。在此，它叫作"我们的名字"。名字是我们最初被赋予、却绝非我们所是的东西。无人会在命名时知道，被赋此名者将是什么。所有名字均如此。它们全都将在生命的历程中成为它们之所是：一如我们将成为我们之所是，世界亦将对我们成为它之所是。这说明，"名字"会被不断重新捏造，或至少，要在持续的形成中领会。被谁，没说。然而，是一个"你"。"新"（neu）与名字（Name）的头韵锁紧诗行后半部分，重音中间于是出现一个轻微的裂痕，这样的效果将持续下去。这时，所有人共同的——我们的"名字"——突然个体化为一个"我"：我……伴随这个突然出现的"我"，生活才赢得本真的秘密方向，只要这个"我"反抗着不断增高的遮盖、找寻向外的出口。这个我，没有在这座堆起、变高的生活丘或生活山下窒息，而是依然兴致勃勃，依然在寻找，寻找着视力和光明，哪怕盲如鼹鼠。哪怕"我"仅能用摸索的手感知最近处。可这毕竟还是感知：我们的盲眼与"你的"相同。诗人或许在此暗示鼹鼠那挖掘着的、形状古怪的明亮掌心，鼹鼠用手挖出通道，从暗处通往出口的光明。不论如何，黑暗中的挖掘与向光的努力形成了张力。黑暗中的路不仅通向光明，它本身即是光明之路，本身即是光明。我们注意到，独占倒数第二行的定语从形式上扩展开"明亮"。这是一种特殊的明亮。因为此处是我在行动，而我之所为就是苏醒（heranwachen，向……醒去）。苏醒承接着开篇所说的对睡眠与梦的放弃，"饿烛"中的饿亦是此意，也就是说，鄙夷那让生活山沉重的充饥的面包。对明亮与追求明亮的坚持就好像践行斋戒。诗末的意象"饿烛在口"，借用特定的宗教仪轨对此做出解释。于是，被找寻的"你"就被指称为受拜者。齐泽夫斯基（Tschizewsky）曾对我解释说，巴尔干半岛有个习俗，（教堂大门上的）饿烛公示出一种虔诚的斋戒——父母期待孩子归来，就会践行这种祈祷与请求的斋戒。与之相似，此处对光明的追求也与"斋戒"相伴。而这斋戒的特殊之处显然在于，趋向光明者把饿烛含在"口中"。这可能就不只是斋戒了，而是说，我拒绝一切让人们在生活中安于现状、足够充饥的话语——为了使自己能胜任那耀眼的真言。因此，这种仪轨代表着全然不同的另一种信仰。显然不存在饿烛"在口"的仪式！毋宁说，这矛盾的组合打破了我们联想到的斋戒习俗。这是不同的斋戒，为了不同的目的而举行。米洛伊契奇（Milojcic）告诉我，他知道另一种饿烛习俗：如果有人一贫如洗，却受碍于之前的社会地位而不能乞讨，希望在接受施舍时不被看也不去看，就会在教堂大门边用"饿烛"挡住脸。按这种说法，蜡烛表明的就不再是自愿斋戒，而是饥饿本身的困窘。不论如何，说的是"在口"——是真言，让我如饥似渴，或为之挨饿。我认为，即使没有民俗信息，只要思考一下仪式的饿烛和"在口"的张力就能猜到。像所有蜡烛一样，饿烛不是也暗示着，我们为追求光明而饥饿的努力终有尽期？也许吧。至少：我们在摸索"名字"，我们没有放弃。诗的活动明显二分：一个活动所有人都在做，他们梦着梦不到的梦，留下越来越长的生命之痕，堆起越来越沉重的山。另一个活动是"我"地下的秘密，如盲鼹鼠般迫切地凿向明亮。想起雅各布·布克哈特（Jacob Burckhardt）："灵魂是一个挖掘者。"

让我们追循着已经步入的转换，再问一次：谁是此处的"你"？这个重新捏造着名字、有真正能看见的眼睛、允诺真正饱足、真正光照的你是谁？谁是我，谁是你？转而言我，突如其来，并强调以重音。我从所有人共同的命运中脱颖而出。众人的生活山不断堆高，每个人生命的意义或无意义均从中而来。我们所有人的"名字"就这样被捏造出来。但并非所有人，还有一个我，此处这个摸索着这些名字的"我"。诗人的作为响起，他试探着名字，试探着所有名字。不言而喻："名字"不仅指人名。必是整座语词山，是语言，堆积在一切生活经验之上，如同千钧重的遮盖。被摸索的，是语言，亦即，检验它的透光性，检验它到底有没有冲向明亮的裂隙。在我看来，此处书写的，是诗人的匮乏和荣誉。可只是诗人的吗？

3

IN DIE RILLEN
der Himmelsmünze im Türspalt
preßt du das Wort,
dem ich entrollte,
als ich mit bebenden Fäusten
das Dach über uns
abtrug, Schiefer um Schiefer,
Silbe um Silbe, dem Kupfer-
schimmer der Bettel-
schale dort oben
zulieb.

你把语词压入

门隙内天币的

凹纹,

我从中展开,

当我用颤抖的拳头

拆去

我们上方的屋顶,一片片瓦,

一个个音节,为那高处乞－

钵的铜－

辉。

苦涩的诗行。通行版中读到的是"天酸"（Himmelssäure）而非"天币"（Himmelsmünze）。这需要更正。但问题仍在：要如何理解通行版的异文？无疑，在某种范围内它也是可以理解的。诗人的态度尤其说明了这一点，——据说，发现印刷错误时他若无其事。整体的含义连贯足够强，强到可以替换细节。这一点，瓦尔特·本雅明早就在"创造物"（das Gedichtete）的概念下写过。若非如此，任何诠释都将一文不值，因为一切诠释都必定要处理不确定的推测。我们并行探讨两种异文，以便在诗的整体中分别为之定位。

显然，一道从未开启的门隔开了我们与我们必定无法承受的天酸，它强烈的腐蚀性与"高处的"铜乞钵紧绷住唯一的一句话。前提是一种天宇闭合的神学。可门并不密封。隔开我们的门，被天酸在门隙中腐蚀出凹纹，于是某物渗入。渗入的，是语词。强酸的隐喻从天而降，是因为天宇闭合。闭合的天宇有着毁灭的销蚀性——可我们仍要找寻从天而至的每一滴——正是语词。

但我们注意到，原文说的不是"天酸"，而是"天币"。意象于是南辕北辙。"天币"对"凹纹"当然不再有因果，而应理解为主体的属格：钱币有凹纹。如果问：钱币是如何进入门隙的？没有答案。它塞在那就是了。我们设想，它本是用来开门的，可门没开，进不去。反倒有什么东西渗了出来。显然，钱币的凹纹使门不再密闭。重要的似乎是，造成微微渗透的不是钱币本身，并非天宇的入场费（或退场费、通行费？），而是硬币固有的某种性质，而且是一枚空白的新铸币，与币值毫无关系。的确晦涩。恩赐的巧妙象征吗？不论如何，缴费入场的尝试并未成功。从闭合天宇来到我们身边的，唯有语词。是此意吗？如此路德主义[4]？

可毋庸置疑，天币对应着"高处的"乞钵。二者均与不可抵达的彼岸相关。乞钵里募集着钱币（天币？为上天而备的钱币？），这点可怜的宝贝让某人梦寐以求，他从"语词"中推知自己的天命，而"语词"是从天宇的全部财富中来到我们身边的仅有之物。

确实，不论基于哪种异文，都是苦涩的诗行。能确定的是，从彼岸天宇透露出的，正是你——又是这位人所不识的你——塞入紧闭之门缝隙的东西。没有汹涌如潮的福音，不过是艰难强取的语词，而这也似乎是适得其反的努力。努力进或出的，显然不是我们，而是语词。你意欲如此。这是否意味着，是我们挡住了真理，而真理从未对我们封闭？是否可以说，是我们关上了门或找不到钥匙，因为我们只相信自己的钱币？我把所有这些问题放在心上，不论如何，听来就像那种隐匿上帝的神学。

另一个困难：如果语词渗出而至此，从中"展开"的是我吗？"我"是谁？"我"来自语词？我是语词？万物皆为创世之词？我出自语词，现在又渴求且将永远渴求着回归语词？此处亦有上帝终极之远的意味。因为我们所有人都生活在语言的屋顶下。然而，若要向上看出去，或许也需要我们所有人拆去这共同保护着我们每个人的屋顶。诗人当然在所有人之先，他在此自言自语的话，或许也说给我们每个人。语词的遮蔽如同我们头上的屋顶。它确保着驯熟。可正因它用驯熟彻底裹住我们，也就挡住所有看入陌异的远眺。诗人——或是我们所有人？——一个音节一个音节，艰辛而不倦地拆除着遮蔽。"一个个音节"地拆除，显然呼应着前一首诗中出现的摸索名字和醒去。两处似乎都在描写一种向光明、向高处的绝望追求。

会达到目标吗？这首诗的答案沮丧至极。祈祷的拳头终能求取的，无非只是铜乞钵和它彼岸的反光。勃拉克（Bollack）和我讲过，是巴黎街头一只极其普通的乞钵让诗人产生了灵感，但这并不改变此处所说的"高处的乞钵"，它要我们做出某种转换。诗把乞钵置入神圣与渴望救赎的文脉中。然而，以哪种调子呢？期待的调子？大概不是。毋宁说：我们对救赎的想象无非那只募集着施舍的乞钵——教堂里再普通不过的器物。或者：我们只能触及那一点"募集"来的寒酸慈善，没有温暖，也没有爱。总之，当我试着拆掉庇护的屋顶，等待我的却根本不是什么真正的神圣，连圣物的余辉都算不上，甚至毫无神圣可言。而是看似神圣、却只闪烁着虚幻微光的东西？不论如何，绝望的追求者满心苦涩，对于等待自己的失望，他已心知肚明。

可让我们先把所有神学放在一边，去看一看具体措辞。什么叫"我"从语词中展开？"展开"这一措辞和"一个个音节地"拆除，让人首先想到的是展开卷轴和破译原文，比如，也许就是诗之词。然而，此处"展开"这个词的用法不及物。从高空渗出的语词中，从这彼岸天物最微小的液滴中，"我"铺展开来。听似矛盾。不是"我"一个音节一个音节地——卷轴般——展开语词，而是我自己，从语词中展开。显然，诗人本身来自语词，而他的所有努力都是要重新抵达那个词语——那个他自己便出其中的、他知道是属于他的语词。无疑，这屏息着翻遍所有音节和字句的绝望，是对语词——真言——的找寻，那是找寻者本人身在其中的语词。此处似乎的确是诗人，他自称为"我"，并全然生活在语词之中。诗人的任务恰恰在于追求真言，如同找寻他真正的家。这真言来自彼岸，而非庇护日常的普通屋顶，为此必须一个音节一个音节地拆去日常话语的构架。为了眺望高处的光辉，他必须对抗被滥用的、流俗的、遮蔽的、磨平一切的语言功能。这就是诗。

但在这其中还有别的。说的是，诗人作诗时，他便从语词中展开，当他一字字地仰望他所来自的真言源处，却再也无法感知神圣，只能窥见神圣最粗鄙、最寒酸的微光，甚或是虚幻的、被乞讨歪曲的闪烁。那么"展开"就有了另一层消极的色调：拆除屋顶，寻找真言（"当我……拆去"），诗人并未回家，反倒迷失了自我。他从他本真所是的语词中"展开"，无望地与之分离，努力回归——用颤抖的拳头，却只是徒劳。"我们翻译，却没有原文"（君特·艾希 G. Eich）。再问一次：虽然本真语词是他最为本己的东西，却触不可及，遭遇此事者，真的只有诗人吗？抑或，这是我们所有人的经验？我们制造话语，用"颤抖的拳头"求取某种想拥有却不可企及之物，却恰恰因此与本真语词及其真理隔绝开来，而最终，这根本就是枉费气力？

---

[4]　信奉马丁·路德倡导的新教，强调信仰的重要与《圣经》的权威。

4

IN DEN FLÜSSEN nördlich der Zukunft
werf ich das Netz aus, das du
zögernd beschwerst
mit von Steinen geschriebenen
Schatten.

在未来以北的河流中
我撒下网,你
迟疑着压上
以石书写的
影子。

诗行断处,不仅要细读,更要细听。策兰这种大多简短的诗尤其如此。《杜伊诺哀歌》那样的汹涌长句本就难免技术性的断行,初版之后的版本则更是随意,而策兰的诗末,只有封印般悍然有力的明确休止。在我们的例子里,末行仅有一词:"影子"——词如其意,沉甸甸地降下去。它同时收尾,如每一次收尾,压实了整首诗。所唤之意亦然:"影子落下"总也意味着,影子被投下。落影转暗处,必有光与亮同在。的确,这首诗是亮的。近冰之水的清澈与冷冽呼之欲出。太阳直照水底。投下影子的,是压网的石头。一切都极为直观、具体:渔夫撒网,另一个人帮助他压网。谁是我?谁是你?

我是撒网的渔夫。撒网是一个纯然期待的动作。撒网之人已做完他能做的一切,是否有所捕获,只能等。并未说动作何时完成。这是箴言式的当下,也就是说,永远在重复。复数的"河流"强调出这一点。河流并非近处"水域"般不确定的地点,而是人们找寻的确定之所,因为它们预言着收获。这些地方均在"未来以北",也就是说,在一切人居的道路和行程外,比无人捕鱼的远方更远。这显然是对我的陈述,亦即,这个我有如此特殊的期待。在经验无法期待的地方,他期待着未来。每个我不都是如此期待着的我?每个我心中不是都有某种东西,向遥不可测的未来延展而去？与他人如此不同的我，恰恰是每个人的我。

让这张只有一个朴素句子的诗之弓巧妙绷紧的前提是，我并不孤独，并非独自捕鱼。需要你。这个你，兀立于第二行末，仿佛停了下来，仿佛一个将在第三行、甚或诗第二部分的展开中才能实现其意义的不确定的问题。此处有一个行为被精准描述。迟疑，并不是指内心的犹豫不决或怀疑，不论这个你是谁，都与捕鱼的我同样坚定。倘若把迟疑作此理解，就彻底错了。描写的其实是压网。压网的人，动作不能太重，也不能太轻，太重网会沉，太轻会漂在水面。如渔夫所言，网必须"立住"。迟疑由此而来。压网者，必须小心翼翼地一块一块石头加上去，就像在天平上称重。关键是要找准平衡的正确时机。唯有压网者相助，捕鱼才有可能。

这个在感观上具象的过程，被巧妙地提升入想象与精神之域。首行那个感观无法兑现的搭配"未来以北"，就迫使我们把诗理解为普遍的言说。第二部分的用影子压网，是个同样无法兑现的搭配，也行使着同样的功能，更别说是以石书写的影子。感观上，渔夫的姿态让我们看到，人是期待的生物，此处则进一步明确了什么是期待、什么使之可能。因为此处明示出两个动作——撒网和压网——的配合。二者之间有种隐秘的张力，但它们却是一体的行为，唯其如此，才能预期捕获。抛掷与重压之间的隐秘对立,正是关键所在。若把重压理解为纯然向未来抛掷的阻碍,若把向下拖拽的沉重洞见视作纯粹希望的黯淡,就错了。张力的含义其实是,唯其如此,期待的空无和希望的虚浮才能赢得未来的确定性。"被书写的影子"这个大胆的隐喻,不仅突显出整套动作的想象与精神性,也证明着所谓的含义。被书写的,需要破译。它有所意味,而不单是重量的沉闷抵抗。可译成:只有抛和压的配合才能让渔夫的行为充满希望,同样,人类生活将活入的一切未来,也不仅是对将来之事不确定的敞开,而是因曾在,以及如何保存曾在而确定——就像一部用经验与失望写就的书。

可谁是这个你?似乎有个人,他知道能让我负载多少,知道希望着的人心能承受多少而不至希望沉没。一个不确定的你,也许具象于身边的你,也许具象于天边的你,甚或,若我能在自己的信念中感到现实的边界,他也会具象于我本所是的你。不论如何,是你与我的配合,预言着那种在这些诗行中呈现并赋予我现实感的捕获。

可捕获又意味着什么?诗人与我潮涌般的互换,使它既能在特殊的、也能在普遍的含义上理解,或毋宁说:在特殊含义中辨识出普遍含义。即将成功捕获的,可能就是诗本身。在诗中,诗人亲自抛出网,抛向语言之水澄澈无染、可期待明净与纯粹之处，而他无畏的出离将超越所有过往、允他以收获。诗人扮为捕鱼之我，并以此自指，这一点文脉也能证明。世界文学的大文脉乐于让诗之钩沉取自井或湖的幽深处，可以想到斯特凡·格奥尔格（Stefan George）著名的诗《镜》和《词》。可不仅于此，眼前这组诗的特殊文脉，也让真正的诗——不是"伪诗"，不是吹嘘炫耀的假誓言——摆脱了语言推搡拉扯的乱词堆。因此，从诗人和他期待语词成功的全过程来理解这首诗，完全合理。然而，此处所写远远超出了诗人的特殊。且不止此处。始自近代，一个根本性的大隐喻就是，诗人之所为乃人之存在本身的典范。让诗人成功并令其不朽的语词，并非他独特的艺术成就，而是人类经验诸多可能性的体现，这就使读者也可以成为诗人所是之我。我们的诗行描写了获取成功的秘密协作，它在我你之间，而非诗人与他的天才或上帝之间。语词之影约束自由，可沉下影子的那位，不论是人是神，都不会令我不堪其重。这首诗可能意指诗性存在的本己成就，通过显明谁是你，诗才真正道出谁是我。倘若诗人的诗行把这种休戚相关呈现给我们，那么我们每个人也就进入了这种诗人道出的他的关联。谁是我，谁是你？通过敞开问题，这首诗给出了自己的答案。

　　佩格勒（O. Pöggeler）建议，把"未来以北"理解为死地。因为，将降临于我们的每一种未来都已被死亡"触不可及的深渊"超过——这种对人类基本经验的极端化，迫使我们把"你"理解为赋予所有此在重量的死之思（Todesgedanke）。的确，如此一来，"未来以北"会理解得更为精确：不再有未来的彼处——也意味着：不再有期待。然而：撒网捕鱼。值得斟酌。难道是对死亡的默认，预言着新收获？

VOR DEIN SPÄTES GESICHT,
allein-
gängerisch zwischen
auch mich verwandelnden Nächten,
kam etwas zu stehn,
das schon einmal bei uns war, un-
berührt von Gedanken.

在你后来的面庞前,
独 –
行于
也改变着我的一夜夜间,
有什么停下来,
它曾在我们身旁,无
染于思。

很久以来，这首诗都让我感觉特别难。虽然所言明确，却有填补空白的广阔空间。爱情诗吗？还是在说人与上帝？是改变了"我"的爱之夜，还是孤独者之夜？

极短的诗，恰因其结构精悍，常在末行有千钧之重。"染于思"——几乎碑铭般的封印。把握整首诗，便要从这里开始，仿佛从其凝聚处开始。强行分开的"无 / 染于思"，将"被思所染"（Berührtsein von Gedanken）孤立出来。可什么意思？有两种理解的可能：一是正向的，陈说被分行，强调了出现在"你面前"的无染——亦即，没有任何明确意识到、思考过的东西。或者，所说的是，"曾在我们身旁"的，现在变了，也就是"无染于思"发生了变化。恰恰不是"一如既往地无染"。诗之所言充满"后"与"前"的张力。说到"后来的"面庞，它唤出"从前"的脸；说到"曾经"，强调"改变着……的"一夜夜。因此，在不会是无缘无故分行的"无 / 染"中，一定存在着昔与今的张力。

问题归结到节奏、诗的结构和含义安排这些最终特点。归根结底，是含义连贯的问题。这似乎印证了我提出的阐释——出现了一种新意识。如果对那个停下来的"什么"不置一词，它就太不确定了。可相反,倘若意思是,无染于思者已被思所毁,那么我们至少能理解,有"什么"出现了,无论它多么不确定,毕竟是一种包含着孤独的新意识。增长的意识,距离,孤独——并非丧失入口的心灰意冷,仿佛某种疏离——此处反倒是双方的认同:夜"也改变着我",也就是说,"也"改变了你。现在意识到的距离,一直都在,它被称作缄默,甚或是里尔克描述他与上帝关系时那种"无尽的缄默"。

诗行言说着本真经验:现在变了。曾无染于思的,已不再且永不再如此。"染于思",这箴言般的末行所言说的,正是当下出现的定局。

谁是我,谁是你?问题似乎在此处格外急迫。但此处也不能如此发问。唯一重要的只是,在此处言说的我和言说所向的你之间,一段始于遥远过去的亲密关系被唤醒,面庞的修饰词"后来的"即是此意。另外,似乎这张脸现在已经退隐,更紧地把自己封闭起来。因为说的是"独/行",这不仅指独自-前行,更是一种被有意选择、坚守的孤独。再一次,词的断开让孤独的张力显化,让孤独和孤独的意愿同时响起。另一方面,"我的"自白也证实了这一点,——我也变了。"在你后来的面庞前"出现的东西,绝对不能被视作此前不存在的陌生事物。它"曾在我们身旁"。如今的变化,根本不会消弭双方连结的亲密。不是陌生的东西。不应问,是什么?显然,言说者自己也无法为之命名。它是"无"。

诗之所言,悉皆倾入"无 / 染于思"这个转折。这说明,现在已思考过,有什么因此停了下来。我们注意到,说的不是:有什么介入。绝不是指某个改变了一切的事件,而是时间本身的沉降,没有新事物被揭开,而是已知的东西独立了出来,因为它早就"在我们身旁"。说的是"在我们身旁",而不是"在我们之间"。进入意识的,或许就是彼此信任中的孤独。

因此,似乎无需知道,谁是我,谁是你。因为二者均遭遇到所言之事。我与你都是被改变的,都是改变着的。他们遭遇的是时间——不论你有着身边人的面庞,还是全然不同的神性的脸。所说的是,不论有多少信任,他们都越来越意识到,距离始终在两者之间。正是在那些同在之夜,在那些能抹去一切他者、融化一切间隔的切近和亲密中,有什么变了,有什么停住了。真的是分隔吗?它出现在你面"前"。当然也是说,我不再有直通向你的入口,但更意味着,我并未与"你"分离。它早已"在我们身旁"。莫不如说,是在肯定对距离的新认知。隐匿的上帝之远或切身者之远,从来都在。

6

DIE SCHWERMUTSSCHNELLEN HINDURCH
am blanken
Wundenspiegel vorbei:
da werden die vierzig
entrindeten Lebensbäume geflößt.

Einzige Gegen-
schwimmerin, du
zählst sie, berührst sie
alle.

穿忧郁疾流

过空空

伤镜：

漂着四十棵

剥皮的生命树。

唯一的逆

泳者，你

数着，抚摸着它们

所有。

是关于时间经验。诗暗示的东西,在一个点上显而易见。某人想到四十岁,这是他的年纪。我们会说:诗人。当然。但在此处诗人的自我言说中,有一种普遍的东西,它为人所共有,使得特殊的四十岁不再专属诗人。整首诗只字不提"我",可那个我们人人之所是的"我",在诗性话语的言说中无处不在。这个人人所是的"我",想到他的四十岁,也就是说,想到他身上的一切和他自己经过的一切:忧郁的时间,如疾流,是危险,并不因其存在,而因它的突然和莫测。它向我们突袭而来的危险性,在"忧郁疾流"这一个词里悉数道尽——可这也是说,"我"挺过了所有攻击。现在,穿行静水,经过如镜的湖面。与疾流相反,这片毫无波澜的水面能映照一切。于是水中有知、有忆。它所映照的,是可见之伤的可见痕迹,是呼啸而逝的生命自觉到的痛苦伤口。尤其在回顾生命时出现的那些。

生命流淌,就是诗的本真动作,流过陡峭的阴郁,也流过痛苦大敞的历历在目。年岁的生命树漂流着,它们"被剥了皮"。这可以是说:树心赤裸(对于回忆者?),撕掉了一切无足轻重。或许也是说:真正活的已然不在。剥了皮,生命的汁流便不再升降。还在的,只有它的硬木壳。总之:它们被做成筏子。水力载它们顺流而下。有什么逆逝水而游，对于这唯一的逆泳者，陡峭的阴郁、映照出伤口的清澈及其与生命勾连的一切，似乎毫无差别。逆泳者被赞叹地、确定地称作"你"。

末行的"所有"，指明逆行的无所不包。逆泳者数着、抚摸着每一棵生命树。在我看来，这个过程的均匀和精准无误显然说明，逆泳者就是流逝的时间本身。不论人的回想或记忆，还是他者陪伴的关切，都不会从第一个年头起就如此稳定不移、如影相随。柏拉图教导我们：时间是数，是移动的相续[5]。可此处的逆泳者，当然不仅是测量移动的量度。它因自身抵抗流逝而有所为。唯有如此，才能像可靠的计量那般，统概一切、测度一切，仿佛一只抚摸着的手，清清楚楚地点算着匆匆逝去的一切。什么都不放过，一切都属于其中，甚至那"不可数的"痛苦，而抛却痛苦、忘记痛苦，"就叫活着"。所数的，是活过的时间总数。亚里士多德又告诉我们：不论怎样，灵魂与时间同在。不被拖走、绝不放弃在场并清算一切的抗拒，与其说是时间本身，莫若说是屹立着、抵抗着、"我"之所是的本己，而时间就在它内里。如奥古斯丁所示，只有在本己之中，生命才能统合为完整的历史。它是我之为我的秘密。它活着，因为它忘记——但它只能身为我而活，因为我的每个日夜都"为它"而数，难忘的那些，则"对它"作数。我曾是的，无一遗漏，这构成时间的本质。但这个四十岁的人或任何回顾者的真实意识，当然不会如此无所不包。清点一切的时间不同于我的生命意识，正是这不同，成为我的经验。时间的平稳和思考时间本身的意识的平静，将会让这个四十岁的人，意识到他更高的本己。

<u>5</u>　（das bewegte Außereinander）是伽达默尔在《柏拉图〈蒂迈欧篇〉里的理念与现实》如是讲解柏拉图对时间的理解。

7

DIE ZAHLEN, im Bund
mit der Bilder Verhängnis
und Gegen-
verhängnis.

Der drübergestülpte
Schädel, an dessen
schlafloser Schläfe ein irr-
lichternder Hammer
all das im Welttakt
besingt.

数，联合
像的灾蔽
与反 –
灾蔽。

覆罩的
头骨，在它
无眠的太阳穴上，鬼 –
火般的锤子
把一切以世界的节拍
歌唱。

这首也是时间体验。数相当于时间的计数。时间在此仿佛灾难，因为它联合着像的"灾与反灾"。"像之灾"（der Bilder Verhängnis）显然指颅骨后的清醒，是总在成像的意识不可避免的厄运。意识中定有某物——某种不召自来、不被希望的东西。数，意味着，一个个刹那的流逝并不自主。数"联合"，即始终包含着，内在经验所呈现的像。像与数及时间如影随形，它们不仅和时间一样是"灾"，是必然、不可更改的事件，还有"反灾"（Gegenverhängnis）的功能。这是要说，像同时抵抗着数，抵抗那锤子般不停敲击的单调序列。然而，像本身就是灾。作为像之灾，"灾"（Verhängnis）一词得到新的反义，因它遮蔽（verhängt），被遮蔽者不再开显本真形态，不再赤裸可见。"像之反蔽"（Gegenverhängnis der Bilder）同是两者，不仅是被遮蔽者，也是遮蔽者，"弊"（Verhängnis）也有了双重意味，被遮蔽，同时遮蔽。同是被遮蔽者和遮蔽者的像，对抗着数、时间、不可变更的流逝。与像联合的，不仅是敲击不止的无常，也同时是覆盖着当下的纱，为忘记当下，降下另一层纱，图像的彩毯。

　　时间是内在感官，想象在其中接续不断。康德论述过，亚里士多德也略有提及。理解这种诡诞，就好像把时间序列和像的无穷无尽锁入头盔。在时间脉动的锤击中,内在的无穷示现于颅骨外壁:显然,时间之锤的击打就是世界的节拍,它包纳一切。可什么叫敲打的锤子"歌唱"整个内在序列?无休流逝的节拍的确不会产生音乐。大胆的隐喻"歌唱"构成末行,从而得到有力的重音,强调着自我设定又自我推翻的矛盾。不论如何,"歌唱"是指:不去对抗,而是赞颂,并在赞颂中重现。这意味着什么?为何鬼火般乱闪的锤子,这只能依随时间与像的流淌的意识痉挛,会认同这逐流而逝并完全以之为我——以之为必会伴随我所有想象的"我思"?

抑或,是苦涩的矛盾修辞?所谓"歌唱"的,正是这无常锤击的永恒不变?然而,在我看来,语义事实清清楚楚:在时间脉搏般的宏大节拍里,意识的闪烁如同对灾蔽的消解。图像明明灭灭,以其光怪陆离激活了无休时序一成不变的流逝。第二节"无眠的太阳穴"表明,文字游戏蠢蠢欲动[6]——这就是策兰。与所有文字游戏一样,这里表现出一种思想的突破,或毋宁说一种隐匿的和谐,正如赫拉克利特所知,隐匿的和谐比昭然的和谐更强大。事实上,眠与无眠同一,无眠亦在眠中,就是意识本身的谜。人意识到自己时,就醒来。但意识到自己的那人,总是像从睡眠中醒来。自知时,我们如此确定我们的本己性,自我意识的清醒也无疑包含它的睡眠、昏沉和遗忘。太阳穴上的锤击与时间的无情流逝同一，不论如何，歌唱——或好似歌唱？——都意味着完成和停止。这是本真之言。锤子不仅敲出世界的节拍，还以此节拍歌唱从像中浮现的全部具象，由此消泯了单调。千变万化的像进入一种永恒的存在，认同并对抗流于无声的消逝。

---

[6] 无眠的太阳穴（schlaflose Schläfe）。Schläfe 本意是太阳穴。但若把 Schläfe 读为复数的 Schlaf（睡眠），schlaflose Schläfe 就可译为"无眠的睡眠"。

8

WEGE IM SCHATTEN-GEBRÄCH
deiner Hand.

Aus der Vier-Finger-Furche
wühl ich mir den
versteinerten Segen.

你手上的

影子－碎路

从四－指－沟中

我为自己挖出

石化的祝福。

按阐释原则，我从着重强调的末句开始。这首短诗的核心显然就在其中。说到"石化的祝福"，赐福不再公开汹涌。赐福者一定不在近旁，他的施舍也一定微乎其微，祝福才会只以石化状态显现。诗说：渴求者以翻掘着的绝望狂热搜寻赐福之手的祝福。这就出现了翻转，赐福之手骤变为需要解读的手，它藏匿着的、可寄以希望的、多福的信息。上下文显明，"影子－碎路"指什么。稍稍曲起手，皱褶投下影子，就能在手上的"碎路"里，也就是在弯折和皱褶的交错断线中，看出卜释者要解读的线。他从中读出命运或本质的语言。四－指－沟是那条把四指划作整体而与拇指分开的贯掌横纹。

这一切多么奇特！不论谁是我，是诗人或我们，他都正试图从赐福的手中"挖"出遥远的、已触不可及的祝福。然而，并非胸有成竹地破解玄妙的纹路游戏。此处清晰现身的读手相者，事实上陷入了截然相反的境况。我们要承认，不论是严肃认真还是纯属玩笑，看手相都含有一种古怪的感染力。未来的隐而不显，让任何关于征兆的言说都充满诱惑的秘密。可此处绝非如此。求索者的狂热之浓烈、困境之绝望，使他无法半是认真、半是玩笑，无法在面对手上未来的密文时游刃有余——像个快渴死的人，他在繁乱的掌纹中一味搜寻着那条最长、最深、其实毫无秘密可言的沟壑，它的影子里什么都没写。可他的困境如此不堪，竟要从这条什么也不施舍的掌沟中乞求祝福。

　　谁的手？不再赐福的赐福之手，很难让人不想到隐匿的上帝，他充盈的祝福已不可辨识，只对我们留下石化之痕——也许是僵硬的宗教仪式，也许是人们僵硬的信仰力。再一次，诗并不决断，谁是"你"。诗之所言，唯有在"你"手中求索祝福者的窘急困境——不论是谁的手。他找到的，是"石化的"祝福。那还是祝福吗？祝福的残末？从你的手中？

9

WEISSGRAU aus-
geschachteten steilen
Gefühls.

Landeinwärts, hierher-
verwehter Strandhafer bläst
Sandmuster über
den Rauch von Brunnengesängen.

Ein Ohr, abgetrennt, lauscht.
Ein Aug, in Streifen geschnitten,
wird all dem gerecht.

灰白着,挖-
光的陡峭
情感。

内陆,在此
消失的滩草吹来
沙图,覆住
井歌的烟。

割下的,耳,倾听。
切细的,眼,
适于一切。

割下的耳朵和切细的眼睛，意象之酷厉，让这首诗独具一格。酷厉的逼迫感，必会让人不适，我们则应通过理解克服厌恶。可要领会什么？我想是：对世界旋律敞开的耳朵，拥抱一切、被世界金色的丰饶灌醉的目光，不合时宜，无法适应今之所是。唯有殚精竭虑的倾听——竟要像割下"整个耳朵"般全神贯注，和眯成窄缝的窥视之眼——似乎就是"切细"之意，才能了知所是。因为，只有几乎不可听、不可见的碎散微物（井歌的烟），才会发出消息。

即使经过最苛刻的删减，"一切"仍还在：海——因为提到了"内陆"；碎土中垩岩的灰白；然后，远离近处的海，腹地另一番人世：烟和井。陡岸唤出孤独，还有穿地而出的岩层，素来藏匿者的暴露无遗。可此处是"陡峭的感情"（我们想到里尔克"熔渣般石化的愤怒"）。如此裸露者，直抵情深处，仿佛通往渊底。这表现在"陡峭"一词里。可它并非情感的源头。它是灰白，无色彩，无生命，如同被"挖光"的采石场，死气沉沉，任凭风吹雨打。

以"内陆"开始的第二节诗，到底出现了什么？在那里，内陆，相比于海陆之间孤独的灰白断错线，无疑少了某种恢宏。可"内陆"似乎能听出一种期待，仿佛"挖"空感情的荒凉孤独可以被叮当作响的人声取代。不论如何，画面变了：从星散四处的渊口，从井中，升起我们会听到的如烟的歌。"井歌的烟"唤醒多重意味。人类居所的袅袅炊烟，村庄的井，人声，歌声。然而，即便在这里，海岸的荒凉也近在咫尺。滩草吹来它的沙图，覆盖了一切。蚕食向内陆的沙丘及其单调的图案，以贫瘠和硗薄描述着正在单一化的世界，其中人性不再展露，井歌几乎被湮埋。那歌声是人性在沙化世界的自我言说，只有用尽气力的倾听才能听到。只有瞬间的折射才能对焦灼的窥探之眼闪现秩序。诗末耳与眼的隐喻，以尖锐的残酷，让人感觉到世界越来越促狭的贫薄，而情感在其中几乎毫无用处。

10

MIT ERDWÄRTS GESUNGENEN MASTEN
fahren die Himmelwracks.

In dieses Holzlied
beißt du dich fest mit den Zähnen.

Du bist der liedfeste
Wimpel.

被歌唱的桅杆朝向大地
天空的船骸航行着。

你牙齿咬入这
木之歌。

你是系牢歌声的
三角旗。

短短三节诗，描绘出沉船景象，当然，从一开始就转入非真之境。是天空上的沉船。可即便沉船在彼处，也仍然意味着总会让我们在沉船之喻中想到的东西，甚或会首先想起卡斯帕·大卫·弗里德里希（Caspar David Friedrich）的名画，那幅波罗地冻海中的沉船：一切希望的破灭。这个主题古已有之。诗人在此显化的也是破灭的希望。然而，是天空上的沉船，规模截然不同的灾难。船骸的桅杆指向大地而非上空。我们想起策兰在《子午线》中意义深刻的话："谁倒立着，谁就能看到脚下深渊般的天空。"

清清楚楚：桅杆"被唱"。是歌，但它们不再安慰着指示上空和彼岸。我们想到《赞美诗》[7]中的反转："向我们祈祷吧，主。"人们不再寄希望于上天相助，而是大地。船全翻了，但歌还被继续唱着。哪怕现在桅杆已指向大地，生命之歌仍缭绕不息。是诗人，紧抓住"木之歌"不放，"用牙齿"，是说挣扎着用尽最后的气力以免沉落。是歌，让他浮在水上。因此，是"木之歌"。如同落水者，把漂浮的救生板当作最后依靠，绝不放手，就像用牙齿紧咬不放，我也这样紧咬着歌。在现实破灭的彻底反转中，在天空及其所有承诺沉落后，诗人称自己是一面"三角旗"。他紧抓歌的桅杆，不与之分离。诗人与他的歌，就像沉船上最后仍露出水面的三角旗，是生命最后的公告和承诺，是希望最后的执着。它出人意料地被称作"系牢歌声的"。因为，只有歌声不朽不沉，在指向天空的所有希望沉船后，能抓住的只有歌声。

诗人以此言说着他的作品。然而，就像读者不由想到的、喻指生命本身的"生命之歌"，"系牢歌声的三角旗"也必不会仅仅意指诗人和他在希望中的坚守，而是所有造物的最后希望。再一次，竭力高举希望的人们，与诗人没有界限。

---

[7] 这里指策兰的 *Tenebrae* 一诗，Tenebrae 指纪念耶稣受难的赞美诗，用于晨祷，一般在复活节前一周的周四、周五与周六。

11

SCHLÄFENZANGE,
von deinem Jochbein beäugt.

Ihr Silberglanz da,
wo sie sich festbiß:
du und der Rest deines Schlafs-
bald
habt ihr Geburtstag.

额角钳，

被你的颧骨打量。

它的银光，

紧咬不放：

你和你睡眠的残余——

马上

会过你们的生日。

很清楚，这首诗是诗人对衰老的应答。额角钳是指发白的鬓角，指示着将近的老年像钳子一样毫不留情地逼来。第二行"被你的颧骨打量"，表达几乎如解剖般冷静，却通过"打量"放入一息观察的忐忑，后文则彻底说透，对死亡的思考赢得了怎样的强度。因为接下来是说："你和你睡眠的残余"——大胆的逆喻，代表生命的残余。尖锐的转折"马上会过你们的生日"指什么？当然不是说你们马上就要降生。过生日不是出生，而是庆祝出生之日的往复，对于鬓白之人，生日的再次到来必然会让他越来越强烈地意识到生命将尽和生之短暂。虽则如此，诗行中其实听不出任何抱怨。

我们要问，此处到底在对谁说话？我对自己说吗？可奇怪的是，"你和你睡眠的残余"被概括为将会共同过生日的"你们"。因此，我们就必须从听来奇怪的地方开始阐释，也就是说，从结尾。末行隐藏着两个反题：其一是你与睡眠的对立，言说所向的你自持着清醒，你的生命在此被称作睡眠——与赫拉克利特、品达、欧里庇得斯、卡尔德隆（Calderon）及其他许多人一致。第二个反题在于，充满期待的庆生喜悦与对衰老和死亡的预感相矛盾。期待的喜悦被单词的诗行"马上"强调出来，却骤变为意识到衰老的言说者对期待的放弃。于是,期待的喜悦在此颠倒为两个苦涩的反题。这是个绝妙的例子,展示出讽刺的反转及其固有的模棱两可如何显像为诗。生日又是什么?是什么被回忆、被庆祝?存在的欢喜日(如瓦尔登堡的约克公爵对生日的定义)?却是谁的存在?若理解,就会听对:了知自己、接受自己、领会到存在之有限的人。成熟即一切。

12

BEIM HAGELKORN, im
brandigen Mais-
kolben, daheim,
den späten, den harten
Novembersternen gehorsam:

in den Herzfaden die
Gespräche der Würmer geknüpft-:

eine Sehne, von der
deine Pfeilschrift schwirrt,
Schütze.

冰霰天，在
枯黑的玉米一
穗里，安家，
听从晚的，硬的
十一月的星：

心线里
编入蛀虫的话——：

弓弦，啸出
你的箭文，
射手。

前一首诗的对象是思考死亡的自觉，这首也与死亡直接相关。毋庸置疑，诗末"射手"一词是对死亡的隐喻。其他种种也显然指向这个领域："冰霰天"，"枯黑"[8]的"玉米穗"，"晚的十一月"。策兰来自东边，我们感觉到，东部沉冬的缓缓降临，唤醒了策兰对此在无常的觉知，这种觉知深深地交织在他的生命感受里：死之思，蛀虫的话，被"编入心线"，就仿佛内心的啃噬，甚或心底最深处对此在之有限与无常的清醒确定。

布局整体上有种一目了然的紧凑。有两个冒号。第二个又被破折号加强。这使得诗末的转折仿佛是从两个前提中推出的结论。末句把前文的一切都概括在紧绷的弓弦里，箭从此呼啸而出。但不是箭，不是死亡本身，而是"箭文"。倘若箭即文字，那么它也就是消息、宣告。无疑，文字对我们言说着确凿之事：诗所提及的一切，都在说着无常的消息。是消息。因此我们必须把诗文的语义部分区分出来，它们是消息的承载者，不仅宣告无常，也坚定地接受无常的消息。认同冬日迫近的"听从"，就是一个承载性的意义元素。与之相应，在冰霰天、在枯黑的玉米穗中"安家"，也能确定近似的意思。当然不是指字面意义上真正的东边的家，而是在冬日、死亡、无常的征兆里安家。

这两重认同，让诗本真的中间部分清晰起来。冬日将临之兆和内心最深处对死亡的确信，得到肯定，"蛀虫的话"因此被编入心线。内心的无常之噬，并非从外而来的被动，而是心底的欣然接受。于是，这种认同确保了推出结论的两个前提。结论成立：送信的箭，是死亡的必然性，它箭无虚发。可不仅如此：死亡这位射手，只在一种伟大的心甘情愿里，书写它的词句。

　　也许我们应该再进一步，把心线同时看成射出箭文的弓弦。因为，蛀虫啃噬的心线，某种意义上就是生命本身的张力——而蛀虫的话也恰恰被织入其中。末句没有新论——只是总结。内心深处对无常和死亡的确定，并非使人一箭毙命的致死弓弦，相反，它绷紧着生命本身。这根心弦，射出的不是死亡，而是熟悉的对死亡的确定，这确定就是生命，该秘密人尽可解——然而，只在他被箭文猛然击中之时。

---

[8]　原文 brandig，指受黑穗病害的。

STEHEN, im Schatten
des Wundenmals in der Luft.

Für-niemand-und-nichts-Stehn.
Unerkannt,
für dich
allein.

Mit allem, was darin Raum hat,
auch ohne
Sprache.

站立，于空中
伤疤的影下。

不为－任何人－任何物－而立。
默默无闻，
只
为你。

以具空间的一切，
即使没有
语言。

是不可见、不可识的空气中的伤疤。也就是说,不是能摸到的东西,不像耶稣的圣痕,能让多疑的托马斯也深信。伤疤"在空中"——但它能投下影子。显然,只在我头顶,因为谁都看不到我立于影下。这是明确说:站立者,只代表自己。只代表自己意味着坚守。同时也是说,坚守者坚持的其实不是自己。他不代表某物或某人,而是所谓的只为自己,因此"默默无闻"。但并非不足道。站立和坚守意味着:证明某物。若站立者"没有语言",就一定是在说,他如此孤独,从不倾诉。可也在说着反义,这个立于不可见的伤疤影下、称自己为你的我,恰恰也在毫无保留地倾诉,"以具空间的一切"——"我"倾诉自己,如同语言。是的,在唯有"语言"这一个词的末行,"语言"不仅被特殊强调,更是得到了"安放"。于是,"即使没有语言"有了更多意味。在"我"还不是语言之前,还在默立、坚守着连托马斯也不会怀疑的东西时,"我"已是语言。站立的见证将开显、应开显的东西,应在。应是语言。这种语言,如同不代表任何人、任何物的无闻默立,正因其无所欲愿——"只代表自己",才真正是见证。见证了什么?没必要思索具体答案。答案会有很多。但"站立"永远如一——为每个人。

14

Dein vom Wachen stößiger Traum.
Mit der zwölfmal schrauben-
förmig in sein
Horn gekerbten
Wortspur.

Der letzte Stoß, den er führt.

Die in der senk-
rechten, schmalen
Tagschlucht nach oben
stakende Fähre:

sie setzt
Wundgelesenes über.

你那被清醒顶住的梦。
以十二道螺旋 –
状凿在它
角上的
字痕。

最后一撞。

在垂 –
直的，狭窄的
白日深壑中向上
撑篙的小舟：

渡送着
所读之伤。

本诗结构严谨。第一、三两"节",各自接上一段结论似的短诗节。诗于是一分为二。两部分呈现出截然不同的意象域,但涉及共同的东西:睡眠和梦,以及清醒。诗所结合的,也显然是两个节奏上截然不同的过程。一边是公羊般冲撞的梦急不可耐,另一边是艰难向上撑篙的小舟。二者虽看似截然不同,实则殊途同归。

　　这是理解全诗的第一个出发点。必须一个个细节去看。梦如公羊般横冲直撞。某物由此从黑暗抵达白昼。必须注意到,不是我们常在睡眠者的梦境中所知的那种临醒时急躁起来的梦。相反,是被清醒顶住的梦。也就是说,一段太过漫长的醒来,最终让梦如此冲撞,使得某物在诗末"被渡送"、"被翻译"[9]到上面。至少能确定的是,诗并不是指现实的睡梦,这一点在末行特异的"所读之伤"上显而易见。由此可知,梦躁动在语词和阅读的世界里。与此相应,梦这头冲撞的公羊有角,如我们所知的某些公羊种类,它角上凿刻般的螺旋直抵尖顶,而这些凿痕被叫作"字痕"。这就很清楚了,诗描写的是踟躇已久、酝酿已久的语词的诞生。公羊用它至顶盘旋为十二道螺纹的角,最后一撞。数字十二指示一整轮时间,十二个月,全年,至少是一段漫长的时程。换句话说:清醒压抑梦很久,而躁动的梦一次又一次撞击。借用"被梦不到的"那首诗的表达,这是一场漫长的"醒去"(Heranwachen)。诗显然想说,诗不是灵光乍现,而需要漫长的准备工作。而真正的作诗,在第二个比喻中显现为漫长而艰难的撑篙行舟,可这大概也不是诗的本真所言。诗本真所言其实是,向上而来的是"所读之伤"。"所读之伤",所行之伤,是指因太过漫长的阅读之旅而成伤的东西。或者,"所读之伤"有更深的双关义,不仅指过量的、无意义的阅读之痛,也同样是指"所读之物"的痛和伤,甚至就是痛苦的经历,经历也可以被"读"[10]:拾穗般拣选出的痛苦?

不论如何,被渡送为语词的,被翻译成语词的,是诗,是借助梦、通过某种梦的工作从无意识的昏暗中赢得的文字。

还需要一字字诠释吗?两个意象域有着高度直观的自我阐释力:公羊的冲撞,最终,最后一击,冲入清醒的世界,惊醒了梦。这是怎样梦与醒的变换!然后是"白日深壑":仿佛日光射入垂直的窄谷,在昏黑中采撷到的"所读之伤"沿光梯而上——这也绝非一蹴而就,就像公羊不是一击破梦。可最后,它撞醒了梦,最后,被渡者从昏黑抵达光——是为诗。

---

9   德文中 übersetzen 一词有两种含义:作可分动词,意为摆渡、渡送;作不可分动词,意为翻译。
10 动词 lesen 有两种含义,一是阅读,二是采集、采摘。

MIT DEN VERFOLGTEN in spätem, un-
verschwiegenem,
strahlendem
Bund.

Das Morgen-Lot, übergoldet,
heftet sich dir an die mit-
schwörende, mit-
schürfende, mit-
schreibende
Ferse.

与被害者结为迟来的，不 -
沉默的，
灿烂
同盟。

晨—铅锤，镀了金，
紧追你共同 -
宣誓，共同 -
挖掘，共同 -
书写的
脚跟。

第一节说到被害者。在这位诗人身上,在那些年月里,很难不联系到希特勒对犹太人的迫害。诗人的自白在此被"共同书写"成诗,这似乎比任何时候都更明确。毕竟,已成了诗。即使后世忘记了某时某地的迫害,诗也会守护它所知与共知的确切地点。因为诗的本己之地不会被忘。有人遭受迫害,我们不完全属于他们("迟来的"同盟),却全心维护他们("不沉默"),全心全意到可以把与他们结成的同盟称作"灿烂",不仅是毫无保留、深信不疑,更展现着、散发着真正的休戚与共——就像光,这就是人类的基本境况。

第二节也说到光,虽然是一种奇异的变形。诗所谓的"晨-铅锤"(Morgenlot),无疑会让人想到曙光(Morgenrot)。为何说晨-铅锤被镀了金(而不是金的)?晨-铅锤[11]显然是指,总是升起白昼和未来的曙光,只有铅锤般行事,也就是说像垂直、无欺的正义准绳一般,才能开启真正的未来。铅锤很重。所谓镀金是要说,在清晨预示的白昼与未来的微微金光之下,有沉重在,那是经验的重量,是与受害者结成的同盟,而这重量本身紧追不放,让我们也成为被害者。

第二节的转折"紧追脚跟"无疑含有此义。晨-

铅锤如同追踪者。何指？对我们自己的谴责？没有共同死去，反倒活着见到清晨、仍有未来？可只字未提死亡，我们当然也太明白，把活下来视作不义，绝无道理。或许是一种时时刻刻、如影随形的提醒，告诉我们不要忘记遭受迫害的人们，为他们、为人类的未来承担起责任。

诗的展开让后一种解释成为主导。说的是，被晨－铅锤紧跟不放、仿佛要逃离其追踪的脚跟，"共同宣誓"、"共同挖掘"、"共同书写"。在统一的意义方向上精准渐进：作证、揭发、确认。可问题是："你"应与谁共同宣誓（而非逃离）？一定与前述相关：你不沉默，开口为被迫害者和他们的痛苦辩护。命运如同誓约，如同无法不听的消息，"共同宣誓"未必是指为曾经作证，紧追不放的是晨－铅锤，是未来的准绳。也就是说，是向未来宣誓：永不再如此。

这几行诗的第二个修饰词也显然与此明确相关。要挖掘的，是隐而不露处，它必须被掀开，或从诸多卑劣中开采出纯粹的收益。也许这就是曾遭受的不义和痛苦留下的教益。渐进的第三环是"共同书写"，每个读者都会首先想到诗人，他直言与受害者结盟，声明自己同样是一个无法、也不能与其脱开干系的受害者。书写者的脚跟想要逃离，也许想逃入愉悦的诗的想象世界，却被铅锤般沉重的任务紧追不舍，他只能书写着为他与受害者的同盟作证。或许是此意。说得通。

但还有问题未解。首先,这能理解渐进中必然存在的升级吗?若解释得通,那么相对于宣誓和挖掘,"共同书写"就是对声明最直接的证明和确定。可矛盾的是,虽然有三个连字符,有三个独立出来的"共同",三次却意指相同的东西。

但共同宣誓或共同挖掘,并不能像"共同书写"这般直接确定准确的字句,因此必须对渐进另作阐述。与其他人共同宣誓、挖掘的言说者,也想与他们共同书写。升级必定发生在声明成为书写时、在诗的自白中,若要把这种开放的渐进看作全诗的完整意义,或许下面的考虑会更有帮助:"你"到底应该与谁宣誓、书写?与受害者吗?当然,如上所述,这解释得通,受害者的痛苦本身就是誓约,是永远确定下来的对所有人的公告。但我要问:这一切还用补充吗?诗文不是已经一目了然?晨-铅锤已确确实实地宣告了白昼。如果是对所有人宣告,如果是正义之日、铅锤般正直的白昼向所有人宣告着发生过的不义,可曾细想过,是曙光-晨之铅锤紧追你不放,是你与它、与它迫使所有人担负的不容推卸的消息和责任,共同宣誓、挖掘、书写?那么,诗人的书写就的确是话语

11　　das Lot,指垂线、铅锤、准绳。因此后文写到"正义的准绳"。

升级所趋向的最高境界,因为并不仅仅是指诗人的作为:若未来应来,就要共同去做我们所有人都要做的事。谁是我,谁是你?

FADENSONNEN
über der grauschwarzen Ödnis.
Ein baum-
hoher Gedanke
greift sich den Lichtton: es sind
noch Lieder zu singen jenseits
der Menschen.

一线线太阳

在灰黑的荒野上

一树－

高思

自奏着光音：还有

歌要唱，在人世的

彼岸。

这首短诗宏大的姿态，开启了旷远的空间。听来像一个我们人人都曾观察过的气象事件：仿佛一片阴云密布之地，在灰黑荒野的上空，紧贴一条条光线，绽开光的空间和光的遥远。若像有人建议的那样，把"线太阳"理解为线一般细的太阳，而不是好天气的圆太阳，我觉得就抽象而不直观了。这当然是属于一幅心灵的图景（非天气状况）。在这幅图景里，灰黑的荒野敞开，之上，悬着一线线太阳。然而，难道不可以认为，是被云遮掩的太阳从云边抽出一条条光线？我们也会说，太阳抽来了水[12]。难道没有某种会让每个人都振奋的东西？难道不是某种崇高的体验？那种人人可想而知、由"天之悲剧"传达出的崇高？要注意到，"线太阳"是复数——指示出无垠世界之无名旷阔的复数。在此背景中，思的独一无二以单数形式剪影般清晰可见。这显然就是诗所言说的：在如此天空奇观中开显的惊骇空间，让人忘却了丝毫不见崇高、绝望的人间景象。凸显而出的，是高如树的思，它不再徒劳求索着浪迹于人世的荒野，它配得上这奇观的恢宏，向天空伸展，如一棵树。它弹奏着光音。而被如此弹奏的这光音，是乐音。这如树高思，被线太阳的奇观奢靡地簇拥着，它"自奏"的光音，超越了人类所有的尺度和匮乏，如同一棵树，高耸入天。

于是，这首诗的本真言说水到渠成："还有歌要唱，在人世的彼岸。"

12　德语原文为：Die Sonne zieht Wasser。是俗语对丁达尔现象的描述，指阳光穿过湿度较大的空气溶胶时照亮的一道道光柱，这种天气状况常预兆降雨，因此会说"太阳来抽水了"。

17

IM SCHLANGENWAGEN, an
der weißen Zypresse vorbei,
durch die Flut
fuhren sie dich.

Doch in dir, von
Geburt,
schäumte die andre Quelle,
am schwarzen
Strahl Gedächtnis
klommst du zutag.

车龙

驶经白柏树,

穿过洪流

他们载着你。

而你之内,自

出生,

汩汩翻滚着另一个源头,

攀着记忆的黑

水柱

你显现。

诗分作两句话，构成两节。又是短诗中常见的几近箴言的反题，从"而"开始，把两节诗连为一体。

第一节描写了生的迷醉。"车龙"在此唤出的是酒神狄奥尼索斯。自从倾心投入呈现意义的一切，生命之旅就开始了。但无论如何，白柏树——由于断行——兀自独立。生命之旅——最初——驶经白柏树，或许意味着，连死亡也被生之迷醉染了色。柏树黑色的死亡象征如同耀眼的白柱，被生命笼罩的人们无忧无虑地与之擦肩而过。旅程穿过洪流，那是感性经验汹涌不息的奔腾。穿行洪流的引领者是谁，始终模糊不定。但复数的"他们"至少说明：导航人不是"我"。整首诗并未出现过代词"我"——然而确定无疑的是，所言无他，只有我，每一个我。可最初，每个人都恰恰不是我，而是一个与世沉浮者，诗所写的经验，正是我如何成为"我"。因此，这首诗把重点放在仅有一个词的诗行上，"出生"就是我之所成的最初起点。

随转折副词"而"，开始了向内的转变。所描述的是，被生命洪流裹挟而逝的感性生物如何脱胎为人性之我。这就像一场对抗泛滥感性的逆动，因此说到"另一个源头"，它从出生起就"汩汩翻滚"。这是要说，在不为我们所知的某处，深不可测的水源浩浩汤汤，且永无止息。可不同于感性经验粼粼闪烁的波涛，它不是裹挟着我们的炫目洪流，而是被真正地体验为源处。这"另一个源头"其实来自暗处。它叫"黑水柱"。令人惊异的是，这些诗行的感性力量竟能让诗人引入"记忆"这种概念上如此负重的词，却不染丝毫说教的味道。记忆是上涨的黑水柱，而非精神财产积聚而成的大水。事实上，它不是积聚的知识，而是从无意识的黑暗中涌出、形成"我"的水柱。对自己说话的"我"，攀着记忆显现，这是说，不同于从第一种生命之源汹涌泻出的感性洪流，记忆，亦即内心的自我认知，并不容易高涨，而是要"我"艰难地、一步步向上攀入已自知之"我"的明亮中。最终它将成为你。这是自我意识的初始。记忆的黑水柱继续汩汩翻滚，一如湍急的感性洪流持续奔涌，否则一切都不会发生。

我们可能会注意到，第二行的白和倒数第三行的黑如何彼此应答。在记忆的黑水柱里，柏树重获它天然的颜色、它真正的象征意义。自知意味着：知道，何为死。

18

HARNISCHSTRIEMEN, Faltenachsen,
Durchstich-
punkte:
dein Gelände.

An beiden Polen
der Kluftrose, lesbar:
dein geächtetes Wort.
Nordwahr. Südhell.

铠甲痕,褶皱轴
穿刺 –
点:
你的地貌。

裂隙玫瑰图的
两极,可读:
你被逐的语词。
北真。南明。

两段陈述，对立，却彼此应和：地貌和语词。"你的地貌"是"你"语词的地貌。两节诗于是关联起来。——在这本小册子的初版，我自己也被这第一眼的假象蒙蔽。其实，意象域并没有变化。不是先说准备出战的击剑手，然后再说坚定掌控着航线的舵手。第一节的罕见表达"铠甲痕"、"褶皱轴"、"穿刺点"和第二节的"裂隙玫瑰"误导了我。它们共属于、均出自相同的语义场，全都是地质学的术语。那么，我们就会很快猜到，也应该能猜出，前三个术语描述的是地壳的层系构造，不过当时我至少没看错，它们指语言的铠甲。地貌是语词的地貌。现在，我则更清楚地意识到，一切都是对地貌的描写，它的硬结、断层，以及深层向上隆出的点。

　　这些罕见的表达没有别的意思。当时我走得太远了，我写的是："第一个世界属于击剑般的语词，并非两位战士搏斗，而是其中一个人的视角。事实上，是语词的视角，它探索着，试图刺穿铠甲。语词就是'剑'，它找寻着可刺之处以掀开铠甲。谁的甲胄？所有说话的人都披挂在身的甲胄？显然是指刺穿语言的铠甲，直击真理。"

　　不对。错在我把铠甲痕理解为铠甲在身体上造成的一道道瘀伤，与之相对，褶皱轴及穿刺点自然就是在写铠甲本身。现在我知道了，颇具战斗意味的地貌描述实则是地质学家常用的正规术语。它们的诗意显然激发了诗人的灵感。从这些表达里，听得出诗人——每一位诗人——与语言的关系。这涉及到语言的铠甲和语言固有的僵化趋势。铠甲痕和褶皱轴的关联曾让我感到棘手，现在反而迎刃而解：地质学家就是这样描述地壳的。"穿刺点"曾让我想到试图刺穿敌方甲胄的击剑手检视的目光，这也错了。这个表达同样不是诗人巴洛克式的发明，也同样能在地质学术语中找到。毕竟这门语言也要从可见的岩层出发，去描述地壳的分层和叠覆，地质学家的职责是发掘地球内部的秘密，而相关的任何探索都要用岩层定位。

主题词就是定位，仅此无他：在现有的、由我们地表成形的历史造就的地质构造中定位——也就是，在已僵化为岩层，僵化为语法、词法、句法和观念的语言地貌中定位。一切都有固定的规则和惯例，但同时也有可探入深层的点。即使有"穿刺"，熟悉地质术语的人也不会想到试图刺穿甲胄的击剑者的意象。然而，我并没有弄错的是，这首诗描写着诗人的语言经验——当他试图打破词法和"闲谈"（Gerede）的僵化传统时。"地质学"的阐释让我在第二节有了真正的收获。在地貌中的定位仍是其中的主导意象。"裂隙玫瑰"也是个地质术语，表示一种像罗盘那样显示刻度的定位仪。任何一个地质学的学生都知道它，我们这位博学的诗人大概也无需词典或者工具书。也就是说，此处在讲诗人之词所需的定位。跟随诗自身的提示，从本节首末两行提到的南北极，引出旅行罗盘以及对正确方向的寻找和坚守——即使不在一望无际的大海上，也几乎顺理成章。虽然我仍旧不清楚，地质学家如何具体使用这种叫做"裂隙玫瑰图"的地貌罗盘，但我想，这首诗其实并不需要我们深究地质学人士的专业知识。诗在邀请我们换位（Umsetzung），明确地转入语词的领域。这显而易见，因为说的是"你被逐的语词"。语词"被逐"，这不仅仅是被轻蔑或鄙夷的激烈表达，也是指"被憎恨、被迫害"。被逐者无以为家、失去保护，是因为他被革除了权利。诗文显然在说，语词被不义地排斥在外：可恰恰是这个词守住了直行的方向，而不被合法的、通往权利的方向所惑。它坚定不移地依循着"裂隙玫瑰图"指示的方向。

　　这节诗说："裂隙玫瑰图"应在极点可读，不论北或南。这个词似乎也一定知道所有威胁着它的可能的偏离。这个失去权利、本身不受保护的词在两极是清晰的，于是"被逐的"在此得到准确含义：这个词茕茕孑立——它被所有人拒绝，被任何方向厌弃，因为它言说的真理笔直不阿。一句话，此词真：北 - 真，此词明：南 - 明。此处说这个词是"你的"。言之所向者是谁？当然没有什么定法，能让人解答策兰诗中的问题（或根本就是诗的问题？）——"谁是我，谁是你"。我认为，这些诗提到你时，不应只想到某一个你。即使诗人说"我"，也不应只想到诗人。我觉得两方都错了。能排除是某一个我对自己说着你吗？谁是我？我从来不只是诗人。他也总是读者。在《子午线》中，策兰曾合理地把"忘我"强调为诗的特征。那么是谁的语词？诗人的？诗的？还是某一个让诗只是在重复、宣告的词？甚或是我们所有人都知道的词？此处"你的"和"你"，肯定不能一开始就确定。甚至未必是我当初的理解，在语言的地貌中指示方向的，未必是诗人或诗之所是的那种向己之言。比如，也可能是上帝之词，它也许会从地球铠甲的真正"穿刺点"冲出——而成天启。"你被逐的语词"，甚至可以指《旧约》十诫——它们作为南－北－轴，会给出可靠的定位——或者，任何真言。最终，我们根本没理由把神语、真诗人的语词和真言区分开来。

对此，策兰在他的《子午线》中几乎赋予了我们某种权利。他在那里说，诗的一个希望是，"说入另一种事里去——谁知道呢，也许是'截然不同的'那种"。策兰特别强调了"截然不同者"的暗指，这是鲁道夫·奥托（Rudolf Otto）对"神圣者"所用的宗教史术语。因而，诗既可以是真言，也可以同是被逐之词。它知晓闲谈之壳的"穿刺点"——唯其如此，它才是诗。诗人完全可以称他自己的语词是"被逐的"，哪怕在他被授予毕希纳奖之后。我们无需去问：谁是我，谁是你？对于每一个答案，诗都会说"是"。

这首诗讲的是语言地貌中的定位，两节诗于是连为清晰的整体。一如地质学家无法抵达大地深处，但能从地表所现的形貌猜到更多，诗的语词也同样探索着隐蔽深渊，只要它孤特自立，追随它真正的罗盘。

WORTAUFSCHÜTTUNG, vulkanisch,
meerüberrauscht.

Oben
der flutende Mob
der Gegengeschöpfe: er
flaggte - Abbild und Nachbild
kreuzen eitel zeithin.

Bis du den Wortmond hinaus-
schleuderst, von dem her
Das Wunder Ebbe geschieht
und der herz-
förmige Krater
nackt für die Anfänge zeugt,
die Königs-
geburten.

语词堆垒，如火山
大海淹啸。

上方
奔流的群氓
反造物：他
招展着——像和残像
纷繁错行向时间。

直至你掷－
出那轮语词之月，于是
惊潮退去
心－
形的火山口赤裸
见证初时，
见证诸王－
诞世。

"语词堆垒"和"被射风消毒":两首诗为诗组收尾。两首之间插入加了括号的四句,这四行依循传统格律和传统韵格的诗很显眼,或许恰是这种手法使之别具一格。

本组诗中很多首都是由简单的对立主导,这首也是。它说的是语词的发生,仿佛火山喷发,从日常言谈的喧嚣中超拔而出。

一开始就描写了全景:堆垒的语词,源自深处又冷却下来的火山岩,如同被淹没的海底山,海水呼啸其上。语言亦如此:是早期生命喷涌后的石化构造,曾是造物,却湮藏在销噬一切、抹平一切、单调奔流的海下。因为语言的本真之石根本无法高耸出翻滚的大水。可见的所谓语言,其实是"反造物",是奔流的群氓,没有名字、源处和家。群氓"招展"是说,他们引以为豪、自我装扮之物,并不真正属于他们,而只是被随意选择、胡乱披挂的东西,就像周末帆船上的彩旗。"反造物"在语言的表面交错游弋,"向时间"是说,没有方向和目标,却被"时间"推着走,以致瞬息即逝。它们是真词的像和残像,这是说:它们只模仿真正的造物发声,或只是其余音,纷繁喧嚷,没完没了,直至……

一切都指向这个"直至"。新的爆发,彻底揭穿表面喧嚣的浮华和虚假。这宏大的宇宙隐喻,描写了真言的形成事件。"你"——无名的你,只有那轮月能辨认、了知的你,因那轮月才是其所是的你,掷出语词之月。

必须非常仔细地倾听。起初一定会把月亮被甩出地球的意象(一种解释月亮诞生的观点,直到最近还广为流传)与"语词堆垒"直接联系起来,后者是语言的根基,却被湮藏在言谈的奔流之海下。可语词之月这种大胆的夸张,似乎意在月而非词。被抛掷出的"月",也许不会是浑圆、明亮、周而复始重现光辉的语词本身,比如说,不会是新诗人的语词。措辞"那轮语词之月"——而非"一轮语词之月"——只能解释为,时间与大地的风暴之主,一次次以相同的方式,示现真正的、新的语言事件的开端。因为现在提到了这轮月亮产生的新的引力效果,它让被湮藏的语言山离水而出,从而显露真正的源处。语言传统的纷乱嘈杂,悉如海口水落。"惊潮"发生了,奇迹就是,原本颠荡沉浮、无可立足之处,露出能提供支撑和依靠的坚固陆地。此时,突降的干涸让见证开端的心之山口显现。这是要说:从重新可见之物身上,终于看清楚壅淤和爆发的强力,而诗人的语词素来由此赢得其张力及不朽。接下来说,此处得到见证的是"诸王诞世",他们创建的王朝,实际上就是整个语言王朝,我们在其内言说,被那些伟大的、在此种语言中成功的诗之造物统治。

我是否太字面化（或是不够字面化）地对待诗人？那轮语词之月，那轮被"你"一次次从湮藏于闲谈下的深处抛掷出去、终结了言谈与诗的虚繁喧嚣的月，归根到底就是语词，就是那块浑圆的、真的、反光而华的石。它创造潮汐时发出的引力，无异于语词的引力。因为只有语词自身开显且能够开显出真正的语词之石，并因而让所有"初时"为人所见，——那些以诗之造物统御着我们的言说、却在闲谈漫无目的浮华喧嚣中消失的"初时"，不仅如此，这种开显也让语词本身显明可见。若这样去理解，那么语词之月就是圆满月词的典范，它集聚起火山底所有新的喷发。因此，月就是语词自身。的确如此，我们不仅经验着诗人所成就的新的语言创造，也在其影响下重新发现着我们语言中的一个个王者形象，那就是"诸王诞世"：发生在很久以前，创建王权，又通过新的诗恢复权力。每首真正的诗都触及着湮藏在深处的语言根基及其充满创造力的形态。它辨认出王权，并在自己的朝代确立新政。

不论如何，这个隐喻把真诗之词石破天惊地描写为宇宙事件，它揭显着真，并因而不朽，不仅如此，它更是任何人，甚至诗人也无法言说的语词：我的词。诗人不招展。

20

(ICH KENNE DICH, du bist die tief Gebeugte,
ich, der Durchbohrte, bin dir untertan.
Wo flammt ein Wort, das für uns beide zeugte?
Du – ganz, ganz wirklich. Ich – ganz Wahn.)

（我认识你，你是那低低垂首的女人，

我，被刺穿的，听命于你。

何处有词燃烧，为我们两个作证？

你——全然，全然的真实。而我——全然虚妄。）

在这几行诗中言说着、最后承认自己"彻底虚妄"的我,并未变为抒情诗中常见的那位把诗人与读者融合为一的、无处不在的我。括号把自言我者的殊异性括在其内,括除了抒情之我素来具备的普遍性——也因此括入了言之所向的你,这使整体有了种私密献词或画作签名的特点,更何况,诗行还借用了圣殇(Piéta)[13] 的母题(低低垂首的女人 / 被刺穿的)。

这四行诗的陈述本身与其嵌入的诗组息息相关,却带有一种退却的姿态。此处说自己——而非我们所有人——是"我"的诗人,仿佛被吓到,因为他被要求在他的语词中真,并要同时言说她的真,而她与他的真截然不同。"何处有词燃烧,为我们两个作证?"这似乎是一种放弃,诗人自知,即使用最真的词,也无法触及那"全然,全然的真实"。

这种坦白和放弃的姿态,看似是随意插入,实则极其紧密地连结着收尾组诗《呼吸结晶》的两首。它们写的是语言,特别是真正的语言,即真诗人的语言。

---

[13] 指圣母玛利亚膝上抱着耶稣遗体的雕塑或绘画。

21

WEGGEBEIZT vom
Strahlenwind deiner Sprache
das bunte Gerede des An-
erlebten - das hundert-
züngige Mein-
gedicht, das Genicht.

Aus-
gewirbelt,
frei
der Weg durch den menschen-
gestaltigen Schnee,
den Büßerschnee, zu
den gastlichen
Gletscherstuben und -tischen.

Tief
in der Zeitenschrunde,
beim
Wabeneis
wartet, ein Atemkristall,
dein unumstößliches
Zeugnis.

被你语言的射风

消毒

亲历的彩色

言谈——百-

舌的伪-

诗,虚无。

卷-

空,

敞开

穿过人形-

雪的路,

忏悔者的雪,去向

好客的

冰屋和桌。

时间之壑的

深处,

在蜂巢冰

旁

等待着,一颗呼吸结晶,

你推不翻的

证言。

这首诗清楚地分为三节,但每节行数不等。它好像是"语言堆垒"那首诗引发的戏剧事件的第二幕。在摧毁语言假象的事件发生后,这首诗开始了。唯其如此,才能确定"你语言的射风"何所指:那是从宇宙的远方袭卷而来的风,以其自然伟力的明亮和锋利对切身亲历的闲谈消毒,仿佛杀灭浑浊的霉层。此处所说的"彩色言谈"全是假诗。言谈是彩色的,因为这种伪造的语言随心所欲,只需满足美化效果,只以装饰为动机,因而没有本己之色和本己之舌。语言的伪造物随心所欲,故以百舌言谈,这却是说:事实上什么都不证明——亦即伪证。伪誓的"伪诗",是"虚无"(Genicht),也就是说,不论有什么形态上的假象,都毫无意义。

"你语言的射风",继续着贯穿"语词堆垒"那首诗中的基本宇宙隐喻。"你的"语言,是掷出语词之月的你的语言,即,不是某位诗人、这位诗人的语言,而是语言本身的显化,那真的、闪耀的、浑圆的语言。它消毒了一切伪证,是说,清除一切,不留任何痕迹。"射风"也许显现出喷发事件的宇宙维度,但最主要的一定是那种纯粹和流射的神圣,是语言真正的精神性,它不伪装,而是揭穿一切模仿与应和的言说。

可只有当"你语言的风"以其流射的纯粹呼啸而来,诗的路才会开启,它通往"呼吸结晶",那是纯粹的、有严格几何结构、从气息轻柔的虚无中析出的形态。现在道路敞开。"敞开"这一个词展延开来,填满一整行诗,"空"这一个音节也同样占据整整一行。的确,在射风卷空一切遮蔽、卷空抹平一切的雪后,敞开的路才变得可见。它就像通往冰封高处的朝圣之路。忏悔的朝圣者踽踽穿过的"雪",是他要强迫自己忍受的淡漠、拒斥、寒冷、畏迫和单调萧杀。无疑,视觉化的东西必须转入语言领域:因为,要穿越的是"人形"雪。是人类和他们的言谈遮蔽着一切。可这条漫漫长路通往何处?显然没有朝圣之地,而是空气明净清朗的冰川世界本身,它客栈般迎接着坚韧的朝圣者。这永恒冰封的世界被称作是好客的,因为只有挣扎和坚韧才能通达至此,这里因而不再充斥着人类之雪的喧嚣。故而,远行之路最终就是语词的净化之路,它践行着沉默和沉思,拒绝任何纠缠不休的现实性或语言模式。在冬日无人踏足的群山之中,它把登高的远行引向好客之所。一旦远离人类喧嚣的现实性,就接近了目标,真言的目标。

等在那里的,现在仍深埋不露:在时间的深壑里。听起来好像一道开裂在冰川中的、深不可测的罅隙。然而,它是时间之壑,是匀速流淌的时间的裂缝,在这个地方,时间也停了下来,一切都在此驻入固执的永恒,包括时间。在这里,"在蜂巢冰旁"——不论视觉上还是听觉上，它都有种无法抵抗的直观性，仿佛蜂箱中层层叠叠的蜂巢，冰有着恒常不变的构造，也就是，不受"劫夺的时间"任何影响——诗等待着，呼吸－结晶等待着。我们一定会感受到反差，四周冰壁高耸，呼吸的结晶微乎其微，这几何奇迹的存在转瞬即逝，如同精雕的雪花，孤独地旋转在冷冬的空气中。然而，这孤零零的微物，就是证据。它被称作"推不翻的证言"，与"被制作的"伪证之诗形成鲜明对比。它所证的（"你的"证据），是"你"，那位熟悉的、未知的你，对于此处既是诗人又是读者的我，这位你，"彻彻底底真实"。

<u>后记</u>　　若是察看文学研究或文学批评对保罗·策兰作品的反应——比如麦涅克（D. Meineke）出版的那些，策兰诗的爱好者总不免会感到某种失望。行家里手们常常细腻敏锐，有时的确一针见血，但他们所说的一切，却在有意无意之间默认了一个前提，那就是他们理解了这些诗，并在这种理解的基础上作出判断，比如，因诗人的语词越来越神秘或突然沉默，就断定他惨淡失败。然而，在我看来，反倒是那些尚未沉默的语词，我们至今仍理解得太少。对于策兰的读者们，始终有一个远未解决的紧迫工作。读者不需要那种断定他们无法理解的批判，而是要从勉强可以理解的地方开始，说一说如何去理解。在过去的好日子里，这干脆被称作"现实阐释"。我们不应该轻易放弃这种阐释的权利和可能性，更何况是策兰这种极具传统意识的诗人。不是要一锤定音地弄清楚诗人所想。根本不是。也无关诗行说出的明确"含义"。反倒是要展现诗所激发的多义和暧昧，这并非读者随心所欲的自由空间，而是诗行所要求的，阐释努力的对象。凡是了解这个任务之艰巨的，他就知道，这不是要去一一列举"理解"诗之构造时所有可能暗含的隐义，而是要展示出统一的文本语言下统一的含义，从而让那些与之勾连、但并不一目了然的暗指找到它们含义依据。对于策兰这种把自然言语高度陌生化处理的诗人，上述尝试充满危险，需要批判控制，而且一定

少不了错误。但这种尝试是一个既不能被取缔,也不能被替代的工作。本书即致力于此。

本书探讨《呼吸结晶》。这组诗曾单独出版过,后来成为诗集《呼吸转折》的开篇。选择这组诗,最初的原因无非是,我自以为对它们有了一点理解。解读艰涩的文本,要从我们有了初步理解、颇有几分把握的地方开始,这可是一条古老的阐释原则。此外,在我看来,《呼吸结晶》代表着策兰艺术的巅峰。我认为,这组诗还没有像他晚期的一些诗那样,陷入彻底无法破译的地步,因此能有些理解也不是偶然。至于是否确乎如此,暂且不追究了吧。

我深知,保罗·策兰的世界与我自己——以及他的大多数读者——成长起来的传统世界,有着相去甚远的渊源。我缺少对犹太神秘主义、哈西德派(策兰大概也只是从布伯那里了解到的)、特别是东方犹太民俗的本源了解,而这些对于策兰天经地义,他正是在此基础上言说。我也没有诗人那本本悉究的、惊人的自然知识。总的来说,一个或另一个方向上的指教常让我心存感激。但这类指点也有其可疑之处。我们会陷入某一个危险地带:我们所动用的知识,诗人自己很可能并不具备。对于这种知识的热情,策兰发出过几次警告。即使知识有用,甚或是诗人亲口吐露的信息,此类辅助的合法性也要最终由诗本身去决定。辅助可能是"错"的——倘若它无法完全在诗中兑现,那它就"错"了。每位诗人都需要某种程度的熟读,诗人此处的"语言"当然也不会脱离他作品的语境。留存下来的策兰早期的诗也许会给我们提供更多帮助,但这也绝非确凿无疑,——荷尔德林的例子已经让我们有了教训。在我看来,重要的是,诗不应被视作为学者而写的高深密文,它是为那些因共用语言而共有同一个世界的成员而作,诗人和他的听众、读者一样,都在这个世界里安家,——这才是健康的基本原则。如果诗人成功地塑造出自足的语言结构,那么他的成功就在于,即使不依赖具体知识,诗的耳朵也应该有可能听到有效的东西,它超越细节而升入某种明朗,甚至近乎精准,这种精准就是神秘诗公开的秘密。

当然,理解一首诗的过程并不在某个单一层面上展开。然而,诗最初只在单一层面上:语词的层面。因此首先要理解语词,至少不懂相关语言的人都被排除在外。又因为一首诗的语词是一段话、一次呼吸、一种声音,我们一定也不能只是理解每一个单词的意义。相反,只有通过话语构建出的整体意象,才能确定语词的准确意义。诗性话语的意象,可能只有一种仍还晦暗、紧张、布满缝隙、碎裂而脆弱的整体,——多价的词在话语含义展开的过程中固定下来,其中的一个意义充分震荡,其他意义便随之谐振。任何言说都必然固有的明澈正在于此,纯诗亦不例外。不是一上来就能在话语中把每个词都硬结为准确的具体意义,不能越过理解的第一个层面,这本应是不言自明的,我认为否认这一点就彻底错了。尤其对于策兰,他的每个词都说得非常具体、精准。所言本真的精准使话语成为诗,但在由语词的意义功能、指称功能和话语的统一构成等第一个层面上,精准无法实现,我们便不可能胸有成竹地考量、弄清话语"首先"说了什么。事实上根本不可能停留在这个层面上,因为不同层面永远是相互交叠的。这让理解的任务如此艰巨。

可"理解"在此究竟何谓?有不同形式的"理解",某种程度上它们可以各自独立展开。虽然博埃克(F. A. Boeckh)等人努力把不同的解读方法严格区分开来[14],但阐释学理论很早以前就已经在不断强调,不同的解读方式之间纠缠不清。尤其那些早期的文本多义说,只不过是对理解的各个维度的描述。策兰的诗有何寓意?众所周知,策兰并不想知道他的诗里有什么隐喻,如果把隐喻理解为从本真所言中凸显或是被塞入其中的话语零件或话术手段,大概就很能明白他的抗拒了。若一切皆隐喻,则无一隐喻。若朴素、准确的本文就是所言之物,不"意指"黑格尔意义上的"肯定之物"(Positives),即一个预先给定的意义和形式的世界,若此一即彼一,若所言绝无所"指","无"也不"指"任何其他东西,那就不仅要区分言说的不同层面,更要在差别中将其合而为一。没有托喻。一切均是其自身。

在此意义上,诗的语词就是"它自身",没有它要去比拟的其他的、预先给定的东西——可没有一个词不在它自身之外,也就是说每个词,除了它多层的意义及此意义在其不同层面上的指称,也是它自身的被言说。但这意味着,它是回答。回答包含问题,也排除问题,也就是,即使只展示语言之实,所言也并不孤绝。

诗是自足的,它的语词不为任何其他语词可表之物而在,但这并不改变诗不可思议的凝聚力。"我认为,本真语言是词与物在其中合一的语言。"(君特·艾希)然而,如何被言说的独特性,总是另有暗示。一如交谈中的每句话,诗也有应答的特性,这使那些未被说出、却可期待的含义可以一同被听到,是的,可期之义被诗唤醒,——也许只为打破预期。在今天策兰之类的抒情诗中,这一点需要特别重视。它不是巴洛克诗歌,言说不会停留在某个统一的关系框架之内,它没有神秘学-图像学-语义学上给定的公共前提。策兰在语言的隐义之网中抉择语词,其隐匿的句法只能在诗自身之内学习,此外则无迹可寻。这就规定了解读的路:不能离开文本,转而去参考一个含义连贯的熟悉世界。含义碎片仿佛彼此嵌合,转换之路行不通,无法从一个单纯所指的层面,转入第二个本真所言的层面——相反，本真所言与话语所指难以描述地同一不二。理解的过程，与其说是转换，莫不如说是对可转换性的不断实现，亦即，扬弃第一个层面上的一切"肯定性"（Positivität），唯其如此，这个层面才会在肯定的意义上得以"扬弃"和保留。

这对解读策兰——且不止于策兰——至关重要。由此出发，才能判定那些颇具争议的信息的价值，那些并非出自诗本身、而是诗人或其朋友们知会的信息，那些涉及"传记"因由、在传记中找到的动机以及与某一首诗具体而特定的情境相关的信息。我们知道，策兰曾在毕希纳演讲中亲口说过，他与马拉美及其追随者的艺术概念截然对立，策兰的独特在于，他的诗是一种语词创造和语词寻找，每一首诗都仿佛是一场从确切的生命情境中升起的自白。单从诗文去看，当然无法一一了解这些情境的明确细节。以《花》这首诗为例，罗尔夫·毕希纳（Rolf Büchner）的一篇论文让文本的各个创作阶段一目了然。

花

石。
我追随的，空气中的石。

Blume

Der Stein.
Der Stein in der Luft, dem ich folgte.

你的眼，盲如石。

我们曾是
手，
我们挖空黑暗，我们找到
升起夏天的词语：
花。

花——盲词
你的眼和我的眼：
提供
水。
成长。
心墙和心墙
一片片剥落。

还有一个这样的词，锤子
在野外挥舞。

Dein Aug, so blind wie der Stein.

Wir waren
Hände,
wir schöpften die Finsternis leer, wir fanden
das Wort, das den Sommer heraufkam:
Blume.

Blume – ein Blindenwort.
Dein Aug und mein Aug:
sie sorgen
für Wasser.
Wachstum.
Herzwand um Herzwand
blättert hinzu.

Ein Wort noch, wie dies, und die Hämmer
schwingen im Freien.

自以为能猜出，这首诗讲的是策兰的小儿子，是说他某一天预兆般学会了"花"这个词，那就太狂妄了。在荷尔德林那里，"花"与"词之花"相关，作为词，它意指"语言"；本诗则不然，此处与"花"这个词密不可分的是一段成长和开放的故事，而后者显然就在诗内。如果向着彼此成长的是父与子，那我们就必须知道。可是不：我们无需知道。这首诗的不同转换层恰恰会让某个契机的个别性最终过渡为某种普遍性，某种存在于字里行间、对每一个人都完全成立的普遍性。向着彼此成长可以在极其不同的境况中发生：一种把死亡唤入生命的精神性思想；一次爱的现实相遇，它让死去的眼睛流星般刹那绽放，绚烂旖旎——石头、星星和花；抑或，似乎是诗人"所指的"父子间渐增的关爱，仿佛孩子从他眼如石的矿物存在中苏醒，进入凝视与目光交流的成长中的语词世界。谁敢妄称，诗中只能找到最后一种情状而绝无其他可能？更甚者：谁又"知道"诗人在想什么？即使确定知道，诗又说了什么？也许，有人甚至以为，只论"正确"而无需他虑是个优点——我则深信，他将因此陷入策兰本人绝不会支持的可怕错误。策兰坚持，诗已被置入其本己之在，与创作者一刀两断。若只去理解诗人无需作诗就能说的东西，理解就还不够。

当然，某些来自外部的信息，往往也是宝贵的。尝试解读时，它们会让人不至于缘木求鱼。起码在第一个层面上，它们有助于正确地——也就是在统一的连贯中——理解一切。然而，若仅仅停留在一个两个层面上，策兰的诗就没有被理解为诗。策兰曾经说过，他的诗里没有断裂，却有多种不同可能的开始。他显然是指，同一首诗会在不同的转换层上连贯且均可精准地展开。在我看来，《花》这首诗就能在不同层面上展开。比如说，可以想一想我为《呼吸结晶》这组诗提出的问题：谁是我，谁是你？——谁愿意来回答？我必须坚持："你"这个角色就是其本身，不是这位或那位，某个被爱之人、某个他者或是决然不同的[神]。

  本书尝试：不借任何特殊类型的信息阐释策兰的一组诗，这始终有些冒险。可我还是要重复"特殊类型"这个说法，因为每位读者自身所具备的信息量，从很多方面看，本就是"特别的"。其他人只能从书了解的东西，有人早已亲身经历过。有人熟悉德意志-斯拉夫的东欧，甚至犹太礼拜及犹太神秘主义，另一些则不得不依靠辞书或辛苦的阅读才行。与所言相应和的引文也是如此。有人耳中回响着也许与诗人同频的格奥尔格和里尔克，甚至是与诗人同频的法语和法语诗——其他人则不然。有人在自己的语言习惯中精熟诗人用过的专业术语，其他人则要费一番功夫。这些特殊性总是在起作用。由此来看，连那些特别又特别的点，那些诗人吐露出的私人信息，也根本没那么特别。没有哪位读者的理解不特别，然而在每个人那里，只有当偶然事件的特别处化为普遍的偶然性时，才有理解。也就是说：在诗中形诸语言的，并非某个见证者或直接从诗人那里有所领受的被告知者才知晓的，一个特别、独特的事件；或许更应是，每位读者，都能像接受建议一样，领受被语言姿态唤醒的东西。每位读者在一首诗上感知到的东西，都是他用自己的经验填补而成的。这才叫：理解诗。

例如，上述《花》这首诗让我们看到，从策兰遗稿中获悉的不同阶段的文本多么富有启发性，但不必强迫所有人都去了解各个阶段的文本。难道就不敢做一点非分之想，暂且靠自己去"理解"？我绝不轻视各阶段草稿的辅助。可是，就连合理利用这些信息，也要以对文本自身的前把握、前理解以及探索性的深思熟虑为前提。况且，我们也得承认，每位诗人都有他的自由，无需一口气跑完所有阶段。各阶段草稿的阐释价值应该在最终定稿的文本中得到验证。对各阶段草稿的兴趣，也许历史上看合理，但对于定稿的诗，却并非阐释之路。

《花》不同阶段的试稿呈现出的画面表明，诗的形成是提炼、删减、剪裁，是一个不断推进的过程。这让人想起马拉美，他曾说过，作诗真正的任务在于删减，在每个想法的始末尽可能地划掉文字，会带给读者快乐，让他们能自己去补充完整。我并不认为这是马拉美对自己作诗方式的正确描述，也不想给诗人自我阐释的特权。因为，所述过程显然不是删减而是提炼。《花》各阶段的草稿也不仅是删减，更显示出强化和凝聚。仿佛语词和句子成分的断裂载有滔滔不绝的潜能，可以比定式的句法连接言说更多、朝更多的方向流射光芒。马拉美的"删减说"对在，借助语言的提炼，诗可以自我补充，通过其诗性结构和母题的引导所达成的理解，多于单纯的语词言说所现。再神秘的魔术也不可与诗同日而语，其区别在于，越深入让诗显效的结构和技术，就越会坚信它的准确。理解越准确，诗性创造就越充满关联、意蕴丰富。在这一点上，结构主义分析的观察是正确的。然而，由于它只重音形，无法调和在音与义的张力中显示出的"结构"和文本的整体意旨。当然，这些任务不但要求耳朵高度敏感，也同时需要理解的锐利。

如果付印的最终文本把底稿弄错，事情就更糟糕了。我选的这一组诗，恰好就曾有过这种致命的情况。细读《呼吸结晶》的私人典藏版时，我突然发现，第三首诗的第二行不是"天酸"而是"天币"，有人对我证实过，策兰本人承认，这个随后被大量印刷的著名版本是文字传输的错误，他也是后来发现才把它改了过来，而且改得心平气和。错误的文本自然会使阐释者受制于错误的联想。我也是，于是我不得不在新底稿上重新寻找正确的解读。这当然是件有趣的事，它显示出，我们自认为已经找到的精准连贯到底有多少可信度。可还是要问：对诗的整体理解会因之改变多少？或许可以泛泛地说，有很多东西支撑着一首诗的连贯，换掉一两个支撑物不会让整体结构彻底坍塌。但这只能在每一次实践中判定。不论如何，在我看来，相比于每种解释自身固有的风险，这种涉及文本底稿的不可靠性反而无伤大雅。但这不是借口，不能因此就不去做可能的尝试。诗就在那儿。作为读者，我们试着去理解诗，不应寄希望于评注版或"研究"结果，而是要努力补充我们的"一知半解"，而这"一知半解"就是诗对每位读者产生吸引力的原因。

在我解读的这组诗中，还出现了另一个同样对阐释富有启发的争议性问题——Meingedicht ["我的诗"或"伪诗"]这个词。十分认真的读者将其理解为停滞于我之内（im Meinen）的诗，始终私密，始终是"我的"。事实上，这种看法也能得到一种很好的、与正解差别不大的含义连贯性。但它无疑是对"Meingedicht"的错误解释，我听说，策兰本人也反对过。可我们设想一下，如果他明确接受了另一种似乎也很有"可能"的解释，他的意见就能一锤定音吗？我想不是。我们可以列举种种理由，说明为什么此处 Meingedicht 必须和 Meineid [伪誓，假证]一样被理解为伪证。因为诗会由此连贯性更强、精准度更高。因为"伪诗"将会与诗末"推不翻的证据"形成极为鲜明的对比。策兰正确理解他的诗,我当然不惊讶。只是,并非所有情况都如此清晰,特别是与这个例子类似的情况:错误的理解不会对整体连贯性造成严重破坏,最多无非是精准度减弱。完全可以想象诗人并没有正确理解自己的情况,也就是说,类似把"伪诗"误解为"我的诗",诗人依从了一种看似合理却明显不对的解释——不论它是由其他人还是诗人本人提出,都无关紧要。文本最终保有反对诗人的权利。这不像听上去那么不可思议,可以想一下歌德晚年的著名错误,他还没老到不行,却把《普罗米修斯》那首诗当成他未完的戏剧《普罗米修斯》里的一段。对于本书解读的策兰组诗,我不了解任何私人信息,因此这种考虑目前只是理论上的。但它表明,诗在何种意义上脱离了创作者——脱离得如此彻底,以至于创作者将会(甚至不得不)永远被诗甩在身后。"我的话不再是我的。"

我们从彼得·斯丛迪(Peter Szondi)的遗稿中读到他关于策兰诗的一篇文章,这首诗出自诗集《雪部》,影射罗莎·卢森堡与卡尔·李卜克内西被谋杀的事件。斯丛迪在此提供出"解码"此诗的无比准确的传记细节,同时却拒绝援引任何事实材料:"再没有对诗和作者更严重的背叛。"接下来,斯丛迪尝试自己重构诗的逻辑。

可惜，他留给我们的只有这份未完成的片断。

但他尖锐地提出了问题，并因此邀请我们与他继续对话——今天依旧如此。他援引雅各布森，合理地以一种"由语言材料酝酿的交融"（vom Sprachmaterial bereitgestelltes Ineinander）对比语句陈述的顺序（Nacheinander der Satzaussage），同时也不拒绝这种顺序及其含义诉求。然而，不依赖信息，含义能兑现多少？

也许，我们并不需要斯丛迪掌握、提供的那些特殊信息。但没有它们，理解可能走多远？首先必须清楚：没有读者一无所知。对于诗和它的读者，毫无信息的向壁虚构，或信息的人尽皆知，都不是有意义的标准——斯丛迪特殊的传记知识显然也不是。那么必须要知道多少？让我们对策兰的诗提几个具体问题。

你躺在巨大的倾听里，
裹着灌木，裹着雪花。

去施普雷河，去哈韦尔河，
去找肉钩，
找瑞典的
红苹果叉——

Du LIEGST im großen Gelausche,
umbuscht, umflockt.

Geh du zur Spree, geh zur Havel,
geh zu den Fleischerhaken,
zu den roten Äppelstacken
aus Schweden –

摆着礼物的桌子来了
它绕过伊甸园——

男人成了筛子,女人
必须游泳,母猪,
为自己,为无人,为人人——

兰德韦尔运河不再潺潺。
什么都不
停。

Es kommt der Tisch mit den Gaben,
er biegt um ein Eden –

Der Mann ward zum Sieb, die Frau
mußte schwimmen, die Sau,
für sich, für keinen, für jeden –

Der Landwehrkanal wird nicht rauschen.
Nichts
       stockt.

谁都能从施普雷河和哈韦尔河看出,讲的是柏林。了解柏林的人当然也知道,柏林有兰德韦尔运河,即使不知道,也很容易弄清楚。但也仅此而已。普通的信息媒介不太会在词条"兰德韦尔运河"下记录1919年1月那场恐怖的政治谋杀。读者如何继续?挑衅词"母猪"与兰德韦尔运河的关联明确了事件:谋杀,"男人成了筛子"是指什么也由此清晰起来。一个男人和一个女人被射杀,女人被扔进运河。"母猪"指犹太女人,今天勤奋的年轻语文学家们也许想多了,这个词其实不是什么引文("筛子"也不是,虽然策兰在案件报道中读到了这两个词),而是反犹用语中的辱骂,——至少上了年纪的读者们马上就能懂。不论如何,策兰认为这不言自明,而无需引用文献。至此都好。可仅仅知道这些,理解还是太少。虽然能从语词中看出谋杀者的残暴和仇恨,可针对谁,还是必须要知道,或者,将其作为需要知道的东西去查询。不得不如此。因为太清楚不过,结尾的"兰德韦尔运河不再潺潺"也刺耳地强调着,一定发生过空前的恐怖事件。可然后?

从诗本身还能获悉什么?"裹着灌木"和"裹着雪花"可能与冬日的柏林有关,但肯定不是策兰旅居此地时从床看向窗外的景象。倒不如把灌木和雪花理解为保护(裹着-灌木,裹着-雪花)与向内倾听的寂静(因此:在巨大的倾听中)。

"摆着礼物的桌子来了",能从中听出圣诞前的气氛吗?很难吧。<u>应该更普遍地理解</u>。至少,它与随后显现的恐怖形成对比和反差。尤其有用的是那句独特的话:"它绕过伊甸园。"谁?桌子?降临节的喜悦?又一次,在获得进一步的细节信息之前,我们无法联系到伊甸园酒店(不论是新店还是老店)。但摆满礼物的桌子与接下来的"它绕过伊甸园",一定能让人感到痛楚的反差。不论伊甸园是什么——礼物丰厚的节日本身?——它都不是旅程或将要到来的礼物的终点。"绕过伊甸园",是偏离而非通往幸福的路。写在诗里的是这条路,而非诗人驱车经过的新伊甸园酒店。

于是,对比的张力上升为这首诗的决定性因素。可我们也能在前面的诗行中听出来吗(就像已从斯丛迪处获知信息的读者那样)?当然,起码肉钩和瑞典的红苹果叉就是对比。苹果被插在叉子上(也许能猜到)享用,随之而现的红与"肉钩"形成血淋淋的对比。然而,从这里仍然跳不到对哈韦尔河畔普吕岑斯(Plötzensee)恐怖屋[15]的描述。能猜出来吗?由斯丛迪的陈述可知,诗人亲自"去哈韦尔河",找过普吕岑斯的肉钩。但我们一致认为:不应动用传记事实。命令式的"去"(Geh)证实了这一点。每个人都被要求看到这一切。但究竟应该看到什么?我们知道吗?不了解普吕岑斯、李卜克内西和罗莎·卢森堡,难道就不能理解诗里的一切?

真的吗?

我们一致认为,诗末描述的谋杀惨象向读者指明了一桩空前的事件,如果无法根据知识和信息猜出本诗指的是什么,也就对这首诗的意思知之不足。这首诗想要我们知道。诗的最后两行,诗的最后两个词,"什么都不"(Nichts)和"停"(stockt),再次凝聚起主导整首诗的可怕张力,竟至冲破一切界限。在前文之后,我们首先会这样去听:"一切都在自己的轨道上继续下去,一如兰德韦尔运河静静流淌。无人因骇异停留。"可一旦意识到断行,感到从"停"

这个词迸发出的自住动力——我们自己就停了下来。最终是指，没有任何前行者因骇异而停留？——还是说，应该停下来？结尾难道不是指：一切照旧，但不应如此？

诗人确实在倾诉：他不是那个在柏林的冬夜倾听着、被白日印象包围着的偶然过客——普吕岑斯和当日柏林繁华的圣诞市场，读到的李卜克内西和罗莎·卢森堡谋杀案的报道，一家酒店让人想起另一座见证过恐怖的伊甸园。"去施普雷河，去哈韦尔河，去找肉钩"，命令式的要求，不只是让每个人看见、知道这一切，更是要每个人都意识到，对立共存着：施普雷河与因恐怖事件而鬼影幢幢的哈韦尔河，肉钩的残酷与圣诞节的缤纷喜悦，悲剧之地的豪华酒店：一切都同时存在。恐怖和欢愉，伊甸园和伊甸园，一切都在。什么都不停——真的吗？在我看来，对于斯丛迪提出的大胆问题，答案藏而不露。

我们不必知道私人的、瞬息即逝的东西。甚或，即使知道，也要放弃，只去想，诗知道什么。可另一方面，诗想要我们知道、体验、学习它所知的一切——并永远不忘。

对于信息内容的问题，基本上可以断定：特殊信息和我们从诗本身获取的信息之间存在张力，如上所示，这种张力是相对的。不仅如此，它大概也是可变的，在效果史的过程中，张力越来越弱。

很多东西最后不言自明，变得人尽皆知。比如说，想一想歌德创作赛森海姆 - 弗里德里克歌集的动因。[16] 还有其他例子。也许，只有当我们获得了新信息，才能领会策兰的某些诗，比如遗稿中不同阶段的草稿、朋友们了解的东西或目的明确的研究结果。我们才刚刚上路，曾经也有过一位诗人，因为添加了一条注释，偶然在读者之先走上了这条路。想一想里尔克的"杀戮是我们流浪的悲哀形象"（《致奥尔甫斯的十四行诗》，第 2 部）。诗人渐渐进入读者的共同意识，他本己的声音就渐渐唱入我们耳中，他的世界就渐渐成为我们的世界。这是极有可能的，对于策兰，甚至可以如此期待。但这第二步不能抢先，而第一步始终是，想要去理解，诗对我们言说了什么。

还有另一个动机，就是这里说的：被斯丛迪摆上前的这首诗，急迫催索着人人都应知道的东西，于是，最后，每个读者都知道了。诗人用他的诗创建了记忆。

这时，我们到了一个对任何阐释工作都至关重要的点上，它涉及到科学对诠释的贡献。此事马虎不得。必须在此把不同的东西区分开来。

一种情况是，在诗的语言姿态中响起不同的可能解读，它们共鸣并存，全都成立；另一种情况是，我们感觉其中一种解读更精准，因此认为它是"对的"——两种情况却并不矛盾。它们是两码事，其一是每种解读都以之为目标的、向"正确"方向趋近的过程，其二是不同理解层面的交汇和对等，每个层面都"正确"。比如，自传式理解未必比脱离[作者信息]的抽象理解更精准。读者从私人传记或私人注解获取到的丰富的确定细节，并不能上升为诗的精准。精准是对待测之物的清晰衡量。是待测之物规定着衡量的标准。毋庸置疑，由作者提供私人陈述的层面并不是诗为自身设定标准的层面。因此，虽然知晓此类信息的读者能在诗里精准地辨别出它们，这却并非对诗的理解，也未必会引向理解。对诗理解的精准，由理想读者从诗本身和他所拥有的体悟达成，这才是可信的真正标准。只有当求证于自传的理解方式与这种精准完全匹配，不同的理解层面才会共存；在这一点上，斯丛迪别具慧眼。只有按这种标准才能避免向私人信息的叛变。

我认为一种极其错误的观念是：不必要求这种理解的精准，如此要求，必将失败，因为它没有科学支撑，只能沦于涣散的印象。的确，印象绝非阐释，对于每一种解读，印象都意味着混乱。必须承认，伴行的隐义句法，往往只呈现为模糊的联想，常常无法实现精准。但所谓的科学辅助，诸如比较或平行举例，也好不了多少。每种解读方式都会失败。所有失败的共同根源可能在于，力求从外部、从他者，甚至从自己的主观印象去理解，从而歪曲了诗。这种理解陷入主观，不论基于主观印象还是私人信息，它所宣称的理解都是狂妄的。唯私人信息马首是瞻，也够危险了。面对策兰的作品，大多数时候，承认不理解便是遵从学术诚信的戒令。

因此，我们不应被失败吓到，反倒应该尝试说出，我们是如何理解的——风险是，有时会误解，有时会陷入妨碍我们理解的模糊印象。唯有如此，才有机会让他人获益。这种益处不是说，以我们自己的片面理解激发起针锋相对的另一种片面理解，而是在整体上扩展和丰富文本的共振空间。

隐义的逻辑有其自身的严格性。它当然没有推理过程或演绎系统的明确，但也绝非私人联想那么随心所欲。达成理解时，就会感觉到。文内的一切都紧凑起来，连贯度明显加强，阐释的凝聚力亦然。只要连贯性尚未覆盖给定文本，一切就都还有被颠覆的可能。可一旦话语整体实现了统一，就赢得了某种正确性的准则。即使是诗性结构，连贯性也无疑是最高的条件。当然，结构的连贯性无关对称性或合规性等前定观念，连贯性的要求也绝非不可通融。如上所述，文本仍能在不同的理解层面上展开。每个层面都合情合理。一首显白的爱情诗可以被理解为形而上的交流，你可以是女人、孩子或上帝。通常，只有语境才能表明话语单元的真正含义，诗却不然，一首诗的内部意义自成一统，严密到几乎不能用更大的语境重新定义。虽然我们也可以关注一组诗呈现的大语境，并在其中寻找更紧张的连贯性。阐释学里司空见惯的是，我们可以转入各自不同的更大的语境：由作者编排的诗集呈现出的语境，他的全部作品或至少某一创作阶段的语境，甚至是时代的语境。没错，至少从施莱尔马赫的阐释学循环理论起这一切就广为人知，我们今天的学术理论家仍还为之大动干戈。尽管如此，连贯性概念的意义并未因此减弱。

在这个更大的尺度上，连贯性的要求不那么严格也情有可原。比如眼下这组诗，它能让人明显感觉到，策兰是如何"编排"的：一如音乐的谱曲结构，有铺垫性的诗，然后进入中心主题，最后全局总结。然而，我认为，不应过分高估。只有基于每首诗自足的独立结构，才有这种统一构架，而且，它只是松散的次级组合。作品全集更是如此。的确，全集是一个人的声音，清晰可辨且独一无二。一种在模仿者——哪怕是东施效颦——身上也能辨识的风格。也许，在形式、色彩和母题上，诗人也有统一的调色板。可就连母题也不能一概而论。据说，曾有人在解读策兰诗的时候提到了"抒情之我"，策兰警告他说："然而是这首诗的抒情之我，不是吗！"我承认，所有母体研究都能让眼睛更敏锐，可以让人更好地看到细节，就像策兰诗中"石头"的意味,但:是这首诗的石头,不是吗!研究策兰的诗性词汇合情合理,但解决任务时,这一点要始终牢记。

上文强调过,如果诗是在明确回引更早的言说,就另当别论了。引文将毫无争议地构成重要的阐释契机,这在策兰的诗里显而易见,例如所有那些出自荷尔德林的明确引文,或是有姓名可证的典故,比如对布莱希特的暗指。不可否认,这类潜在的暗指始终存在,不同程度上它们都可以也应该被明确意识到。当然,在暗指与单纯臆测及流于私人的联想之间的界限不定,划分的任务永远不会结束。最终是一个分寸的问题。理解表现为话语意象和转换活动的统一,而正当阐释的最大美德是,在领会并阐明隐义的种种句法——暗指便是其一——时,不会拆散意象或破坏统一。

最后还要说,如何界定每种解读的权限?任何解读均非定论。每种解读都只是接近,倘若它不能在效果史中占有一席之地、不能由此进入作品产生影响的过程,就一无是处。任何解读都不可轻视科学能提供的有益知识,但也同样不能自限于此种方式"认识到"的东西而放弃解读的真正挑战——这种挑战就是,说出我们的理解。如果在提出学术问题之前,从未有过解读和理解的努力,也就不能期待学术会对理解有什么帮助。理解不在文学研究的终点,而是在它的起点,并贯穿其始末。

然而,每种解读都必须努力自我克制。诗是只此一次的言说,是无与伦比、不可翻译的音与义的平衡,而阅读在此之上,所以解读也同样,是一次独特的言说。若不是我们一次次从阐释的思索、从康德"就绪的观念"想要捕捉的许多"莫可名状"中抽身而回,随诗而思并推动诗的语言流动,若不是内在的耳朵"聆听"被解读文本的每个语词,理解就不会实现。康德曾把审美体验(鉴赏判断)描述为想象力与知性的游戏,我则在此尝试把游戏继续玩上几轮,我试图说出我理解了什么,试图用具体文本表明,阐释并非随心所欲,而是要试着尽可能准确地说出,我认为文本中存在着什么。

---

14 参考《美学与诗学》,第359页。
15 普吕岑斯是监狱。
16 Sesenheimer Friedrike-Lieder 是歌德狂飙突进时期的代表作。当时年轻的歌德因为爱上赛森海姆牧师的女儿弗里德里克,创作了一系列轻快明艳的即兴诗。

<u>修订版后记</u>　　1. 读者必须知道什么？

保罗·策兰是一位博学的诗人。他拥有许多领域非同寻常的专业知识，但也不轻视辞书的使用。我从私下的谈话中得知，他会毫不迟疑地指责误解的阐释者，说他们只要查查字典就好了。拿着辞书读诗，当然不是什么惯常之举。诗人的真正意思其实是，要理解他的诗所必需的一切知识，我们本都可以且本就应该知道。我们知道，面对询问，他常常只给出一个建议：诗应该一读再读——然后就懂了。

研读组诗《呼吸结晶》时，我从一开始就遵从着这个方法，大体上也并非毫无收获。对于策兰的许多诗，或许是他晚期的大部分诗，我都必须利用研究成果扩展自己的知识。对我而言，所知尤少的是犹太教的宗教传统和神秘学。这些诗中的希伯来语或明显的犹太神学的语言元素，指示着无知者该做什么。即使是解读《呼吸结晶》的续篇《呼吸转折》，即使我只想在其最初的语义层面上取得成功，也不得不补充若干知识。选择《呼吸结晶》的幸运在于，我无需任何研究成果的帮助，就能摸到几分头绪。我手上没有辞书。我躺在荷兰海滩的一个沙坑里，反反复复斟酌诗句，"在湿润的风中倾听着"，直至自认为理解了它们。另一个截然不同的问题当然是，这种与诗的相遇，能用阐释话语表达多少，有所表达的同时又会让多少东西枯竭？只要有开放的耳朵，只要没有闭眼、思考不曾沉睡，诗的言说或多或少都会抵达我们，哪怕我们并不能清楚地知道，言说是如何在细节上建构的。阐释者当然要努力钻研细节，沟通起他的科学理解与读者的想象。

我与诗人的看法基本上完全一致，一切都在文本里。对于任何私人领域的偶然性传记因素均应有所保留，因为它们不在文本里，也不属于文本。这就限定了所有来自他处的信息的价值，比如，诗人曾对朋友讲过的东西。当然，在个别情况中，这些信息可以修正我们对诗的错误理解——然而，这种错本就不该犯，也可以避免。误解文本，既不是诗人的错，也不是他的意图。不论如何，谁想正确地理解，就必须再次遗忘粘附于信息的私密性和偶然性。它们不在文本里。不论外部信息能带来怎样的引导，唯一重要的只是，理解本文自身说了什么。

让我以一段众所周知的文字为例说明一下："谁，若是我呼求，会从天使的班列中听到我？"[17]这是《杜伊诺哀歌》的著名开头。有人查证得知，里尔克曾在一个暴风雨日站在杜伊诺悬崖边，眺望、倾听着汹涌的大海，开始了这首诗。若想要理解，在里尔克诗中呼求"天使"时真正说了什么，即使上述信息正确，也必须尽快忘掉。

相反，如果有人知道我们应该知道、可以知道什么，每位读者，尤其是每位阐释者,在被他们纠正时,都会心存感激。那就不再是私人、随机的东西,而是诗性话语本身的要素。我也曾得益于各种各样的纠正,有些有用,有些不止如此,它们因为调整了尚不充分的理解而至关重要。比如,通过登山术语,我了解到"忏悔者的雪"(Büßerschnee)[18]的专业意义,前面的表达"人形雪"因之一目了然,为此我要感谢尼佩尔斯先生(Herr Nypels)。"蜂巢冰"(Wabeneis)亦非诗造之词,而同样是精准的术语,知道这一点有用,也让人安心。还有会让人想到医生的产钳的"额角钳"(Schläfenzange)。所有这些都是文本初级的语义判断,明确下来是好事。可是,它们虽然贡献出语法-语义类的元素,却远不能提供完整的解读。至于它们是否能影响解读,是否能影响诗的本真言说,就要看具体情况了。

让我们查看几个例子:最后一首诗(118页)曾让我想到,一位忏悔的朝圣者踽踽漫行在空荡荡的路上,我自问,这种想象真的一无是处吗?后来我从登山信息中得知,"忏悔者的雪"不仅是诗的召唤,更是对景象的准确描述。虽则如此,还是要问,诗人为何在此选择了这个独特的术语?熟悉这种表达的人,会更准确地明白,为什么之前说的是"人形雪"。但仅此而已吗?大概没有人会否认,并非以"人形雪"解释"忏悔者的雪"或以"忏悔者的雪"解释"人形雪"这么简单。一个整体由此显现,亦即,通往呼吸结晶的路穿过人形雪死寂的冷漠。也许还要问，对于言说者，这难道不是悔过之路？穿过心甘情愿的忏悔而行至此处？忏悔是有意识的放弃，在我看来，此处要放弃什么显而易见。是虚妄之罪，它挑唆"亲历"成为虚假的证据。只有放弃闲谈强加给他的陈腐影响，甚至超越其他所有与他本人一样甘愿忏悔的人，才会最终抵达好客的桌子。也许只能这样去理解？

否则为何是"忏悔者的雪"？主题的比较不能让我信服。我也知道，雪是一个意味深长的象征词，能建构出整卷《雪部》，也恰好框架出《呼吸结晶》这组诗——第一首和最后一首都在谈雪。我并不反对主题研究。但每首诗都是自己的主题，我说的是：自己的世界，永不重复，一如世界本身，独一无二。忏悔者的雪，仅在这首诗里，是它此处的所是。并且我知道，我与《子午线》演讲中的策兰看法一致。

我愿意接受学到的东西，但在这个例子里，学到的东西即使有用，我也不认为它会对诗的本真所言有什么影响。

相似的是"额角钳"（页70）。佩格勒（Pöggeler）在《海德格尔与策兰的神秘元素》[19]这篇有趣的文章中提出，"你和你的睡眠"是指舍西纳（Schechina）[20]及其出世。诗里可一个字都没说。想起产钳或许无可厚非，我也应该考虑到。可它只涉及最外的语义层。

如果这种解读真正有所成就,而不只是强化我在诗中理解到的东西,我就应该改正。情况如何?诗说的是哪一种出生?出生时所用的产钳,会被新生儿的颧骨打量吗?可这是文中写的。后面这一句立刻使"额角钳"改变了意味,不得不像我那样,把它理解成斑白的鬓角。文本迫使我们去理解镜中所见,去理解衰老初兆的惊惶。因此,末句"过你们的生日"才得到它真正的苦涩含义。天知道,这不是生日的喜悦:衰老和死亡,你睡眠的残余,过生日!现在我清楚地看到,因额角钳而想到的产钳,预示着这个出人意料的结尾。

佩格勒文章中提到的第三个例子从"铠甲痕"(页100)开始,完全是另一种情况了。此处得到的纠正十分关键。几年前听说时,我立刻就信服了。我能看出,它让我对这首诗的理解有了重大的收获。我因此找到比最初的尝试更好的解释,并把它插入本书之中。不错,诗的确是在地壳和语言壳之间游戏。但我现在清楚了,第一节"你的地貌"一行应从字面上理解。在这个地方,我的知识不够,本应参考辞书,只要辞书里查得到,或者,本应从他处获取正确的说明(就像我从朋友那里得知的"饿烛",页16)。

2. 异文

看到我解读的这组诗的异文被公开,我满怀期待。库尔特·毕希尔（Kurt Bücher）在巴黎的策兰研讨会（1979）上把《花》这首诗的草稿公之于众，这让我希望，能在策兰整理完善的遗稿中找到某些可信的注释，就像荷尔德林的异文那样。诗人当然可以自由地改动初稿，因此，终稿的雏形未必就是解读不可动摇的证据，然而在《花》这首诗上，初稿颇有助益。

幸有贝达·阿勒曼（Beda Allemann）相助，现在我得到了前述组诗的异文。可惜收获甚微。显然，这组作品的创作并非一波三折，诗人对底稿的改动相对较少。也许，我对这24首诗的偏爱正在于，它们异乎寻常地听从着一种诗的冲动。总之，大多"异文"根本不是诗真正的前期草稿，而是创作的痕迹。下面我会分享并讨论几处可能对解读有用的异文。

（10页）
草稿中诗尾截然不同。冒号后不是："每当我……"，而是

我走来，与七棵
树的七片
叶。

我不知道七棵树是什么。与祭礼的七枝烛台有关吗？变动仅仅表明，此处一个极其深奥表达在定稿中被另一种能普遍接受、人所共知的文脉取代：郁郁葱葱的桑树。显然，能在草稿中看到的、已预示出最终文本的东西仅仅是，"七棵树"和"七片叶"的重复暗示出某种丰盛，听起来几乎像丰收或奖品。终稿的感性力量强烈得多，表达出抽条、发芽和绽放期声势浩大、几乎难以忍受的过度丰饶。

（16页）

草稿中只有一行诗，间接让终稿明确了一些。第6行："我，与你/相同的/眼，在每根手指上"，草稿中是"我[无眠如你]你睁开的眼在每根手指上"。此处的方括号说明，策兰自己很快就删去了这部分。与第二行的"无眠"联系起来，就有意思了。第7行当然是说"眼睛般明亮的指尖"，眼虽睁开，却有目盲之意。也就是说，"与你相同的眼"是睁开却看不见的眼，回溯到无眠，的确重要。

（24页）

1967年策兰明确指出，取代了"天币"的异文"天酸"是印刷错误。[21] 无疑,"天币"是原始异文,1967年被诗人更正过来。事实上,凹纹只适合"天币",而非"天酸"。虽则如此,诗人自己似乎有一段时间更青睐"天酸"。要考虑的草稿是:

你把话语铸入
门隙内的天币,
我泄露了它,
当我用祈祷的拳头
拆去
我们上方的屋顶……

"币"和"铸"在语义上的统一显而易见。这无疑是更早的直观的统一。最终保留下来的后期改动是:

你把话语压入
门隙内天币的
凹纹,
我从中展开……

此处加入的"凹纹"同样明确地对应"天酸"。相反，把"铸入"换为"压入"则造成独特的困难。毫无疑问，意象画面因此变了。或许，这也导致"我泄露"被改为直观却几乎没有多大相关意义的"我展开"。印刷错误"天酸"的出现和对它的忽略的确让人费解。"天酸"无疑是较难读法（lectio dificilior）。它是如何进入文本的？至少要追问，是诗人自己造成的吗？倘若不是，它是否意味着什么，否则他为何会很久无动于衷？"天酸"一词似乎赢得了诗人特殊的青睐。他至少是无意识地忽略了错误，甚至可能是有意为之。看来，随着阴郁和悲苦的渐增，腐蚀的酸越来越契合他的观念，它取代了来自上天的疗愈性的赐福，在一段时间内占据着他——直至他恢复了原始版本。[22] 无论如何，有误的异文很久都没有引起注意，这在阐释学上是很有意思的。考虑到现在会澄清此事，我没有专门刊印错误的异文，但依然具有阐释学意义的是，天酸的概念似乎并非那么遥远。

荷尔德林有个著名的例子："高远的青春明白，谁注视着世界。"有一个世纪之久，"青春"（Jugend）都被读作了"美德"（Tugend）。显而易见，恢复本来的文本后，全诗才达到高度统一。读成"美德"，席勒风格的修辞元素就太过强烈了。——与之相反，在我们的情况中，印刷错误并没有如此严重的误导性，即使在读原文时，想到从变酸的天堂语词中"我从中展开"，也无伤大雅。草稿："我泄露的语词"（而非：我从中展开），也能很好地符合天堂的拒绝及"天酸"的想象。听似一种绝望的神学。——十分有趣的是，终版说的是"颤抖的（bebende）拳头"，而非"祈祷的"（betende）。初稿中甚至是错的"betetenden"，这个极为怪异的拼写错误就好像选词时的第一次犹豫、第一个障碍。（这本评注小书的初版保留了印刷错误，而且我当时并不知道"祈祷的"和"颤抖的"的变化：初版中是"祈祷的"！这突显出牵扯在多重意义间的张力。我为这个印刷错误道歉，并借此指出，即使有错误，仍能纺出意义的脉络线。）

（32页）

一份草稿中是："我撒下了网"，最后两行只有一行"用影子"。两处改动均无关紧要。但过去时"撒下了"（warf），使较早版本有了记述的性质。终稿改为现在时"撒下"（werf），则赋予这句话格言式的、无时间的当下性。第二处改动"以石书写的影子"无需辩护，它闪烁出扣人心弦的感性之美，这我已经在解读中试着讲过。

（46页，5行）

一份草稿中是"漂着剥皮的生命树干（Lebensstämme）"。感性上更准确，但少了简洁。改为生命树（Lebensbäume）后（策兰在此想到了里尔克的"哦，生命之树"吗？），剥皮树干生命的丧失及时间的流逝就能在表达本身中感觉到。因此，我想在解读中强调：时间是"逆泳者"，最终显现出时间的，却是我自己。

（52页）
值得更仔细地讲一讲第一节的草稿：

草稿1：
像在数后冲撞
灾蔽——赋活

草稿2：
数
后之像，携
灾蔽与反-
灾蔽
轰鸣，柔缓，翻腾。

最后一行显然被第二节整体取代。除此之外，两版草稿近似。对于数与时间的关系，以及在"数后之像"中显明的时间与意识的关系，我在两种异文中看不出什么特殊。相反，第五行的"轰鸣，柔缓，翻腾"与最终的第二节没有丝毫对应。只能猜测，时间与像的起起落落，数与像的躁动与平缓，显示出真正的内心纷乱。也许第二版草稿中的这三个词暗示出，的确应以一种和解、平缓的音调去听诗的尾句"歌唱一切"。

（58页）

不是"挖出"，而是"挖出了"，也就是过去时。一如前文对32页异文的论述：一次性事件成为格言式的当下。

（62页，9行）

倒数第二行是"眼"，后被诗人删去，"遍览，上上－下下"。我不知道，诗人自己放弃的这一行如何变为让我费尽心思解读的"切细的"。"遍览，上上－下下……看"是原计划吗？上下看、最后遍览全局的眼睛，也许就是"适于一切"的眼睛。

（74页）

草稿的异文我只说两处：

第7行，不是"蛀虫的话"，而是"蛀虫的愿望"。如大多数情况一样，终稿的更感性直观——不再抽象而充满隐喻。蛀虫轻轻的沙沙声的确像一场交谈。

倒数第二行"啸出你的箭文"，草稿中是"啸出你[后删去：'可读的']箭的幸福"。我把射手解读为死亡，有问题吗？应该对射手另作理解，理解为不可逆料、也许是瞄准幸运儿的射击者吗？至少，草稿的这个措辞与另一处改动"愿望"一致：愿望和幸福息息相关。但终稿里蛀虫的"谈话"和"箭文"也同样密不可分。根据草稿，"箭文"本应是"箭的幸福"，也就是被"可读的东西"击中，那就意味着，这个诗性的词是成功的，经受得住无常，——"无常"仅在开篇的秋日气氛和"蛀虫"登场时出现。终稿却使之成为中心主题。所以我坚持把"箭文"解释为死亡。

（86页，5行）

"晨—铅锤，镀了金"在一份草稿中是"[无法以铅锤测深的]晨"。修饰语"无法以铅锤测深的"被删去，终稿变为双关意味的"晨—铅锤"。我所尝试的解读似乎因此发生了意义偏移。深不可测的清晨有被动之意，相反，晨-铅锤更像是主动去测深，我也是这样解释的。现在看来,要去测深(永远无法真正测出!)的"清晨"在我的阐释中不确定性太少。似乎应该突出"镀了金",它意味着,曙光所宣告的白昼令人怀疑,诗人因此在晚期彻底转入悲观。

草稿的第 6 行用了过去时的"曾紧追"(haftete),又一次,一次性事件在终稿里升为格言性的现在时。

(108 页)
草稿如此开始:

语词堆垒,在
地水之下,
被无数反王之
群氓污——
以像与残像

草稿的感性直观力无疑弱得多。为澄清终稿,我只想指出,[草稿是]"反王"而非"反造物",这表明,群氓暴动,抵抗真王和王之诞世。

3.阐释学方法？

没有阐释学方法。所有科学方法都能让阐释获益——只要方法被正确使用，只要我们不忘记，诗与实验发现不同，后者是自然规律的案例，诗却不能作为案例去说明某种更普遍的东西。

诗也不能用机器生产。马克斯·本泽（Max Bense）指出，计算机能以电子手段制造诗，但这只是表象上的反驳。字母的无数组合，或许真的能在某一时刻出现一首诗。但关键在于，要从所有计算机垃圾中读出来，才算是诗——这不会由计算机执行，或至少，即使由计算机来执行，它也无法筛选出诗，充其量只有语法正确的话语。

阐释与其说是一种操作方法，毋宁说是人的态度，这个人想理解其他人，或作为听众及读者理解一种语言表达。也就总是：理解这个人，理解这段文本。真正掌握各种科学方法的解读者，使用这些方法的目的，无非是要通过更好的理解尽可能地体验诗。他不会为运用方法而盲目地利用文本。

然而，仍不乏反对意见，想把我的解读尝试标记为"阐释学"或其他某种东西。比如有人说，策兰所有的诗与他的痛苦的一生，都只是对大屠杀的供述和因之而起的惊骇。说到底，这大概也不错，《子午线》演讲中可以找到证实，还有对阿多诺相关评论的暗指。

理由是，今天的诗显示出强烈的沉默倾向——或者还有，彻底想通马拉美已经不够了。策兰把今天的诗逐至边缘，这当然极其值得思考，但不能由此得出更好地理解他的诗原则。甚至像《死亡赋格》这类明确无误地以大屠杀为主题的诗也不适用。诗总是比最投入的读者预先知道的更多——多得多。否则诗就多余了。

另一个反对意见是，诗人更着眼于文字游戏，而我却不愿意承认，因此我的方法太现象学了。（勃拉克这样劝诫我。）我很难从中听出批评之意。"现象学"的反面应该是什么？语词只是语词？面对语词什么都不该想？还是只能一个个词地思考，而不该想诗的统一含义？那就要回应，语词自身永无含义，通过它多位意义才构造出含义，而正是在许多含义线的交织和共振中，存护着文本及话语整体的统一。还是说，理解此类文本时不应有任何直观想象？语词难道不是和概念一样，不具直观就空空如也？没有文脉，任何词都没有含义。甚至独立自在的个别语词——比如标题的"呼吸转折"——也只在文脉中才有其含义。这里必须要讲清楚。作为诗集标题，"呼吸转折"指的是呼与吸之间无声而微弱的过渡和交替，诗的呼吸结晶从中析出，仿佛一片片形式纯粹的雪花。我认为，这就是《呼吸结晶》的文脉、尤其是最后一首诗的启发。可在毕希纳演讲中，"呼吸转折"首先是指词义的另一个方面，亦即吸气与呼气间的反转,它微不可察的奇迹反倒退居其次。然而我想问,在"呼吸转折"一词的两个重音之间,难道毫无关联?真正的反转从不壮观,而是由成千上万次难以知觉的无声事件构成,难道不是吗?这十分吻合《子午线》演讲中的一处,说的是:"诗,可以意味着一次'呼吸转折'。谁知道呢?也许,诗走过那些路——也是艺术之路,就是为了一次这样的呼吸转折?"

佩格勒提出了另一个反对意见,他问道:"当我试着把策兰的意象,如歌德的象征那样,引回至人人都能理解的经验上来,不就误解了托喻?误解了那种因不理解而逐渐历史地、人为地构造出的冒险的理解?"我从这漂亮的表达中看出了我自己的努力!只是我不愿意激化象征和托喻的对立,歌德虽然认可这种对立,却从未付诸实践。在此背景下,佩格勒甚至暗示说,我自己——追随着本雅明——为维护托喻的名誉做出了贡献。但我不知道,佩格勒为什么努力把象征和托喻对立起来。在描述理解的冒险时,我首先看到的只是,任何人知道的东西都远远不够。这主要是我自己的欠缺。我也想如佩格勒那么博学,而佩格勒也一定想如策兰那么博学。策兰呢?他当然想让诗成功,此外别无他求。

我很难在此容忍托喻的概念。我相信策兰也不同意,就像他拒绝了隐喻的概念一样。巴洛克时代的阅读群体吸收了古代和基督教的东西,今天则另当别论。至少,不再有哪个文化群体会常备策兰那么渊博的知识。他写诗的意图,绝不在于召唤出一个不但懂荷马和圣经,也对犹太神秘主义了如指掌的文化群体。他想要被听见。哪怕会淹没在现代生活的喧嚣中,也必须有一种几乎无法理解的安静的声音,去强迫人们耐心倾听,最终把那些我们不应忘记的"数据"打捞进意识里。在此意义上,今天还能写的诗,将会是"推不翻的证据"——但它要作为诗而在。我们时时处处感受到的、要去填补的知识空白不是问题。我的问题是,在此处或彼处成功地填补过空白后,如何理解文本自身说着什么。因为我认为策兰是真正的诗人,他艰难而困顿地,甚或是全心忏悔着,流浪在通往呼吸结晶的路上。不论如何,他试图寻找的,是人人共有的语词。他不是无缘无故地说出前文引过的那句话:"诗应该一读再读——然后就懂了。"我们这个时代的恐怖已进入人类的普遍经验,并未把此类事物彻底拒之门外,人多少都会有所了知,策兰显然期望,他的诗能开启这些经验和知识。有无方法或用尽方法,——很难让他在意。还有一个不可否认的经验:任何理智的人都不会宣称,能像今天理解歌德那样理解策兰的每一首诗,即便如此,这位神秘的诗人仍被成千上万次阅读,因为人们感受到了诗。更准确的理解也许模糊、有限,可它还是被理解为诗。托喻以人尽皆知的共识为前提,这样的前提今天却不再成立。今天的诗,尚未达成共识。对于这个问题,我自己的探讨恰恰是质疑托喻与象征的人为分裂。我认为,哪怕对于策兰,我也要听从我自己的看法。

最后再问:读者必须知道什么?读者和阐释者(这次是我)应尽可能多地知道,可惜总还不够,这在我看来是必然的。与此密切相关的科学原则是,不为自己设限。因此,科学理应采用各种方法,包括最新的那些。可这并未回答:读者必须知道什么?对于策兰的诗也不是答案。即使读者用得上学问提供的帮助,可毕竟,诗不是为学问,而是为读者写的。若有所不知,读者会查辞书——但那只是学问腐烂的果实。这个问题还有另一个相反的答案,它精准而有约束力,但一定不控制、不胶着。那就是:他必须知道的,是他需要且可以承担的。他必须知道的,可以且必会被他带入诗的阅读、诗的聆听。只需那些诗的耳朵能够承受、却不致聋的东西。这常常很少,但也远多得多。

在此,我想把一句苏格拉底的格言用到学问的金子上。《斐德若篇》结尾,苏格拉底向掌管夏日时光的潘神祈祷,主要是请求"一个理智健康的人搬得动且能随身携带的金子"。学问的金子也是金子。像所有金子一样,它也要合理使用。学问用于艺术经验时,尤其如此。阐释学原则说:只有当一种解读能最终彻底消失,它才是对的,因为它已进入诗的新经验里。对策兰的诗,我们目前很少能抵达这个终点。

17　译文引自刘皓明:《里尔克〈杜伊诺哀歌〉述评》,上海文艺出版社,2017年。
18　本词作为术语是指高山中林立的尖塔状积雪,因形似静立的忏悔者得名。这种景象的形成是由于太阳辐射不均,接近表层的雪融化快,深处的积雪则融化较慢。会对登山者造成极大的挑战。
19　《历史转折》(*Zeitwende*, 1983)
20　犹太教神学指"同在"、"神的显现"。
21　见1968年1月给温泽尔德博士(Dr. Unseld)的信。
22　参考《呼吸转折》II,页38,"天地之酸交融。"

纸上造物

用心，有趣，
课目美
出版，以及一切
纸上的可能

图书在版编目（CIP）数据

谁是我，谁是你？：伽达默尔谈策兰《呼吸结晶》/.(德) 汉斯-格奥尔格·伽达默尔著；陈早译. -- 上海：上海文艺出版社，2022（2023.3重印）
ISBN 978-7-5321-8434-7
Ⅰ.①谁… Ⅱ.①汉… ②陈… Ⅲ.①诗歌研究－德国－现代
Ⅳ.①I516.072
中国版本图书馆CIP数据核字(2022)第195111号

发 行 人：毕　胜
策　　划：纸上造物
责任编辑：李伟长　金　辰
装帧设计：此　井

书　　名：谁是我，谁是你？：伽达默尔谈策兰《呼吸结晶》
作　　者：[德]汉斯-格奥尔格·伽达默尔
译　　者：陈　早
出　　版：上海世纪出版集团　上海文艺出版社
地　　址：上海市闵行区号景路159弄A座2楼 201101
发　　行：上海文艺出版社发行中心
　　　　　上海市闵行区号景路159弄A座2楼206室　201101　www.ewen.co
印　　刷：苏州市越洋印刷有限公司
开　　本：1092×787　1/32
印　　张：5.375
字　　数：91,000
印　　次：2022年11月第1版　2023年3月第2次印刷
I S B N：978-7-5321-8434-7/I.6657
定　　价：68.00元
告　读　者：如发现本书有质量问题请与印刷厂质量科联系　T: 0512-68180628